1
2
3
4
5
6

もくじ

本書の読み方

・本書は、京都市内にありながら〝洛外〟にある5つの区を舞台に、花房観音と円居挽による書き下ろし小説2篇を収録しています。

・〝A面〟からは伏見区、右京区、北区を舞台に書かれた花房の作品を、〝B面〟から北区、山科区、西京区を舞台に書かれた円居の小説を読むことができます。

・小説の後にはそれぞれ、遠山昇司率いるマジカル・ランドスケープ研究会のリサーチによる特徴的なスポットを、研究者やプロジェクトメンバーの解説とともに紹介しています。

・スポット名下部に記載された★マークの数は、到達難易度を示しています。

・各スポットにはGoogle MapにリンクしたQRコードが付されています。ぜひ、本書を手に洛外を歩きながら、新しい京都のまちを発見してください。

※本書は、ロームシアター京都が企画製作するアートプロジェクト「CIRCULATION KYOTO- 劇場編」の一作品として生まれました。詳細はHPを参照のこと。http://circulation-kyoto.com/

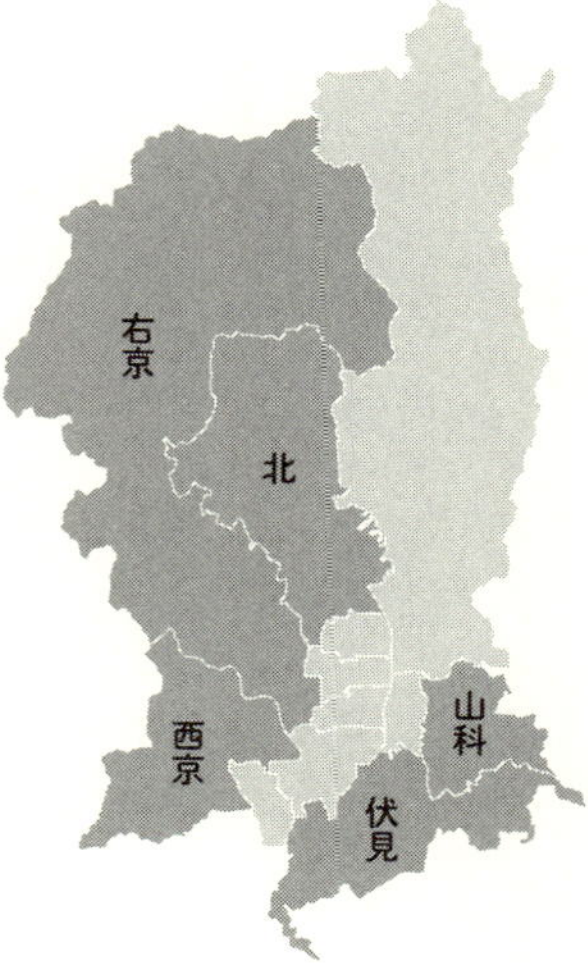

恋墓まいり

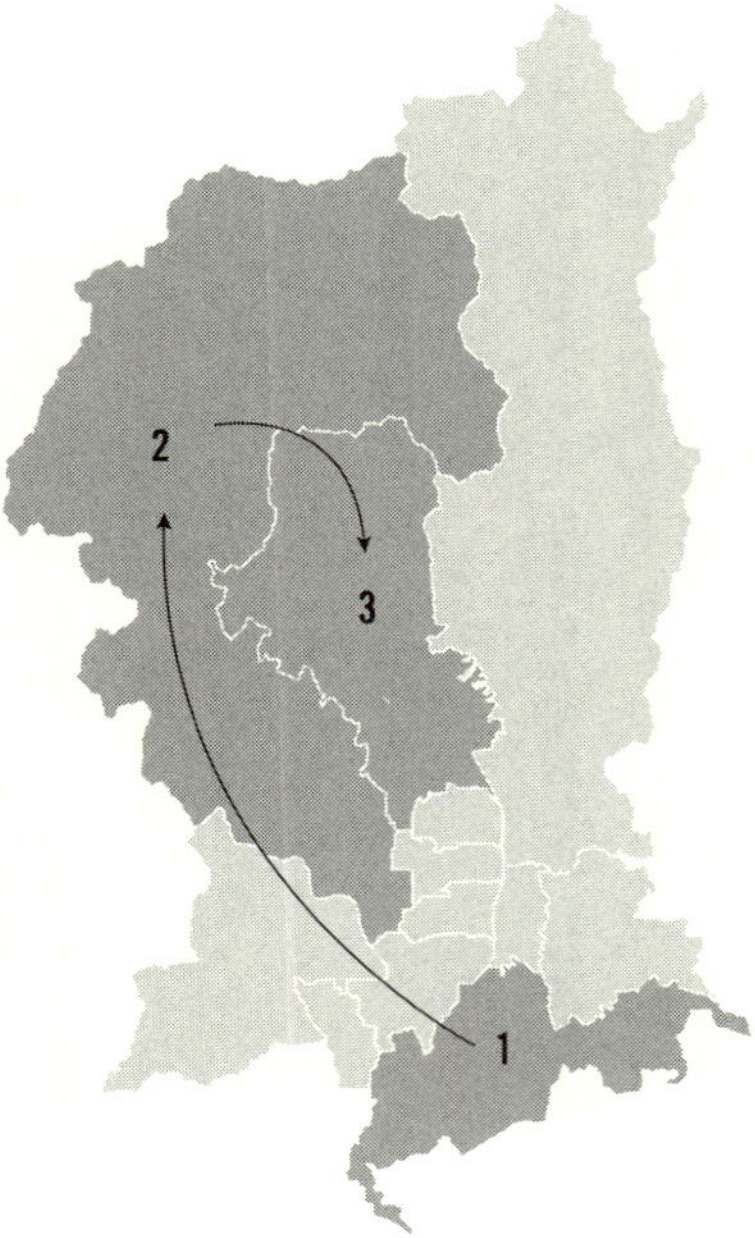

花房観音

「寒い、寒い、寒い——京都はもっと寒いよ」

彼からのLINEを読み、「馴れてるから、大丈夫」と返信する。北海道に生まれ育ったくせに、彼は寒がりだ。彼の言うとおり、京都はもっと寒いかもしれない。北海道の寒さと京都の寒さは質が違う。京都は「そこびえ」、身体の芯に寒さが刺さる。

彼には京都に行くのは、ただの「旅行」だとしか告げていない。「長年住んでて、旅行気分になれるの？」と、聞かれた。でも、そもそも最初から私は京都という街で暮らしていても、異邦人、つまりは「よそさん」で、結局骨を埋めることもなく、街を出た。つまりは旅人だったのだろう。

彼とは、一年前に同窓会で再会して、恋人になり、結婚を決めた。お互い、四十三歳で若くないし、式や披露宴はしないつもりだったが、そろそろ婚姻届けを出すつもりで準備をはじめていた。この旅が終わったら、彼と住む新居に引っ越す予定だ。

私はスマホをトートバッグにしまい、飛行機に乗り込む。京都の一澤信三郎帆布で購入し、使い心地がよくて長く手放せないバッグだ。

京都は北海道よりは気温は高いけど、骨まで届くような寒さが沁みるからと厚手のコートを着てきた。千歳空港から、大阪空港まで、そう時間はかからない。眠っていたら、あっという間だ。

三年ぶりの京都、二十一年間住んだ街に向かう。
かつて、好きだった男たちに会うために。

第一章　伏見の恋人

瓦の屋根、大きなお寺、古い建物、国宝や重要文化財が今の街並みと当たり前のように混在している街――高校の修学旅行で初めて訪れた京都は、札幌で生まれ育った時子《ときこ》には何もかも新鮮だった。お土産物屋や旅館のおばちゃんの「おいでやす」という京ことばが、上品で心地よかった。

桐戸《きりど》時子が京都に初めて来たのは、高校の修学旅行だった。二年生の秋に京都、奈良、大阪をまわる三泊四日の修学旅行があった。行く前は、「だるいな」としか思わなかったけれど、初めて見る京都という街は、それまで北海道に生まれ育ち、一度家族旅行で東京に来たことがあるだけの時子には、不思議な街だった。

お寺で聞いたお坊さんの話は面白かったし、バスガイドの説明つきの観光バスで市内をまわっていると、教科書に出てくる歴史と関係ある場所があちこちに凝縮しているのに驚いた。都会なのに、景観のために高い建物がなく、どこからでも山並が見えて、稜線が美しい。

奈良では東大寺と法隆寺に行った。東大寺大仏殿はスケールが大きく圧倒されたし、法隆寺の歴史ある仏像と同じ空間にいられることも感動した。けれど、京都みたいにコンパクトな街に新しいものと古いものが当たり前のように並んでいる光景が一番印象に残った。

「京都は大学がたくさんあって、実は学生さんの街なんです」

バスガイドが、京都御苑のそばを通るとき、ちらりと車窓から見える赤レンガの建物が同志社大学だと説明してくれた。同志社大学だけではなく、百万遍《ひゃくまんべん》という変わった名称の地域にある京都大学、金閣寺の近くには立命館大学もある、と。それだけじゃなく、もっとたくさんあるらしい。

そのときは感心して聞いていただけだが、帰って修学旅行の写真を眺めていると、「京都に住みたい」という想いがわきあがった。一度、北海道を出て暮らしてみたいという気持ちは以前からあって、それならば憧れの街に住みたい。

「京都の大学に進学したい」

時子が両親にそう告げると、母は「そんな遠く……」と、困った顔をしたが、父は「大阪に叔父さんがいるし、まあ女の子はどうせよそに嫁に行くんだからいいんじゃないか」と受け入れてくれた。父の言葉に反して、「よそに嫁に行く」のはずいぶんと時間がかかってしまったが、あの頃は自分も、当たり前のように若くして結婚して子どもを産むと思い込んでいた。

時子はサラリーマン家庭で、両親と兄と弟の五人家族で育った。兄は自宅から通える国立大学に行っていたので、時子が京都の大学に進学を決めると「ずいぶん金かかること言い出したな。ちゃんとバイトしろよ」と厭味を言われた。確かに兄弟が全員ひとり暮らしで私立大学に行ってたら家計は持たなかっただろう。貧乏ではないけど、特別裕福でもない家だった。

時子の成績では国公立は厳しいし、極端に数学の成績が悪く、最初から私立大学狙いで、幾つか受験しようと、三年生になったらそれなりに勉強もはじめた。合間に図書室で、京都が舞台の小説を借りて読んで、憧れを強くすると、それが励みになった。

大阪の叔父の家に滞在しながら、京都の幾つかの大学の文学部を受験した。何故文学部かというと、国語の成績が一番ましだったからという、それだけの理由だ。第一志望は落ちたけど、ふたつの大学に合格し、京都の伏見にある大学に入学を決めた。

心配げな母親を後目《しりめ》に、生まれ育った北海道を離れ、十八歳のとき京都での生活をはじめた。卒業して就職して退職して、また新たに働きだしたが、いろいろあって北海道の実家に戻ったのが三年前だ。

一年前に同窓会で再会した木嶋友彦《きじまともひこ》と結婚するため、もうすぐ家を出る。友彦は千歳空港近くの会社に勤めていて、近くに新居を借りた。友彦は父親を三年前に亡くして、札幌の自宅に母親と姉夫婦と一緒に住んでいる。

高校の同級生といっても、学生時代はほとんど口をきいたことがない。同窓会で声をかけられ話をすると波長が合い、そのあと誘われて飲みに行き、恋人同士になった。

「なんで私を誘ったの」と聞くと、

「直観。この人と親しくならないといけない、後悔するぞって衝動にかられた。単純な理由、でもそれが一番信用できる」そう答えられた。

夜を初めて一緒に過ごしたあとの「結婚しよう」というきなりのプロポーズにも驚き、戸惑った。

「もう若くないから、いいなと思った人とはだらだらつきあうより結婚したい。そのほうが一緒にいられるし」

と言われて、納得した。自分たちはもう若くないのだ、時間がない。

友彦と一緒にいるのは安心感があり、断る理由などなかった。何年もつきあっては結婚せず別れてしまうこともあれば、こんなふうにすぐに結婚が決まることもある。

その時期は、いろんなことを諦めもしていて、自分がまさか結婚するなんて思いもよらなかったけれど、友彦ならばと、すんなり受け入れられた。

本当は、自分は京都で結婚して子どもを産んで、死ぬまで暮らすつもりだった。

大阪空港から京都市内まではバスで行くことにした。モノレールと阪急電鉄を乗り継いでも行けるのだが、なんとなくバスでゆっくり景色を眺めたかった。急ぎの用事も今日はない。朝が早かったわけでもないのに、バスに乗ると睡魔が襲ってくる。しばらくは高速道路だから、眠ってもいいかと、時子は目を閉じる。

起きたら、名神高速道路の京都南インターチェンジから降りるところだった。降車場所の京都駅八条口が近い。道路沿いにあるマクドナルドの看板が赤ではなく茶色なのを見て、ああ京都に来たんだと思う。景観を配慮して、京都のお店はチェーン店でも看板を落ち着いた色にしているところが多い。

京都駅からは近鉄で伏見の宿に入り、今晩はゆっくりするつもりだ。今日と明日の宿は、ネットで予約した伏見のゲストハウスで。明後日からは、市内のホテルに泊まる。

バスを降りると、やはりひんやりして、バッグからマフラーを取り出して首に巻いた。京都に来るのは三年ぶりだが、昔より寒く感じられた。年を取って寒さに弱くなったのだろうか。

翌朝、宿を出て、モーニングを喫茶店で食べたあと、時子は伏見桃山駅のアーケード商店街を目指す。このアーケードを少し外れたところに、時子が大学入学時に住んでいたマンションがあった。初めての恋人だった南里悠斗《みなみさとゆうと》の自宅の酒屋も近くの丹波橋駅付近にあり、いつも自転車で時子のワンルームマンションに来ていた。彼の両親にも紹介されて、何度か酒屋の奥の居間で、食事を振る舞ってもらったことがある。

時子は記憶を頼りに悠斗の家があった方角に向かう。自分の住んでいたマンションはもう取り壊されてしまったはずだが、悠斗の家はまだあるだろうか。何しろ、あれから二十年近く経っている。

「酒屋なんか継がへんよ。俺は就職して、いずれは自分で会社を立ち上げるつもりや」

悠斗は、よく時子にそう話してくれた。祖父の代から続く酒屋で、悠斗は長男だったけど、「もうからへんし、夢がない気がする」と、跡取りにはならないと親にも宣言していた。悠斗の両親も、もうずいぶんと高齢だから、店は閉めている可能性が高い。

十九歳、大学一年生の終わりからつきあいはじめ、二十四歳まで五年間、恋人同士だった。初めての彼氏で、キスも、セックスも悠斗が最初の男だ。つきあっている間は、悠斗以外の男に見向きもしなかった。一途に愛していて、結婚するつもりだった。

悠斗とは大学は違うが、バイト先で知り合った。大手筋商店街の中にある居酒屋で、仕事を教えてもらっていた。遅くなり、家に送ってもらう途中で、いろいろ話をして、ある日告白されてつきあいはじめた。

「北海道のなまりが可愛いと思った。俺、ずっと京都やから新鮮やった」

そう言われたときは、恥ずかしくなった。自分では一生懸命普通に話しているつもりだったが、だいぶなまりが出ていたらしい。

つきあって一ヶ月後に時子の部屋のシングルベッドの上でセックスしたけど、悠斗は初めてではなかった。高校生のときに同級生と初体験して、大学に入ってからも短い間だけど彼女はいたと聞いて、少しばかり胸が痛んだ。私だけの男ではないのだ――。

だけど「時子の初めての男になれて嬉しい」と言われた優越感のほうが嫉妬に勝った。

私はあなたしか知らない、あなただけの女――だから私を大事にして――そう思っていた。

一週間に二度、時子の家に泊まりに来て、時子も悠斗の実家の酒屋を訪ねて挨拶した。大学生の頃は将来結婚するのを疑わなかったので、四回生になっても就職活動を積極的にする気になれなかった。具体的に悠斗のほうから結婚話なんかされたことはなかったのに、結婚するものだと思い込んでいた。

腰かけのつもりで生命保険の会社に入ったのは、悠斗が損害保険会社に早々に就職を決めたから、慌ててだ。

あの頃は、バブルははじけてはいたけれど、今ほど世の中の景気も厳しくはなく、自分のようないい加減なものでも就職できた。けれど、そこから、世の中はそんなに甘くないことには苦痛だった。

を思い知る。入社した会社は営業ノルマが厳しく、社交的でも押しが強いわけでもない時子

「大学の卒業名簿とかないの？　友達ひとりひとりにまず電話しろ」

会社の上司にそう言われて、何人かに連絡をすると、「保険の勧誘で友達をお金に換えるなんて」と、非難を受け、友人からの信用を失って、半年も持たずに音をあげて退職した。

悠斗は時子とは逆に、入社して研修で仲間も出来て、上司も情熱的で尊敬できる人だと、仕事の意欲を燃やしていた。

「愚痴は聞きたくない。しんどい」

悠斗の研修が忙しく、三週間ぶりに会えた週末、時子の家で話をしているとき、そう言われた。愚痴を言っているのではなく、ただ仕事の話をしているだけのつもりだったのに。

時子の仕事に対するネガティブな言葉しか出てこない話を聞き、悠斗が本気で嫌がっているのが表情に現れていた。久々に会ったのにその日は「疲れてるから」と言われ、セックスもせず、泊まってもくれなかった。あの頃から、ふたりの関係に少しずつズレが生じてきた。

「南里酒店」――色がくすみヒビが入り、年季を感じる看板が目に留まる。悠斗の実家の酒屋の看板だ。時子は立ち止まり、その看板を見つめる。まだ、お店はやってるみたいだ。悠

斗は継がないと宣言していたし、もしかしたらひとりいた妹さんが結婚して継ぎでもしたのだろうか。あるいは高齢になった悠斗の両親がいるのか。

胸の鼓動が早まる。思えばこの付近は、悠斗と別れて以来、同じ京都市内に住んではいても、ほとんど訪れることはなかった。

人生最初の恋人、結婚しようと決めた人と過ごした記憶が張り付いた街は、彼に捨てられたあと、自分を拒否しているように感じて、足を踏み入れるのが怖かった。街の記憶は人の記憶だから、この街に足を踏み入れると、どうしても辛い恋を思い出さずにはいられない。

とりあえず、客のふりをして店に入ろう——大きく息を吸い込み、吐いたあと、時子はガラスの扉が開け放たれている店に足を踏み入れる。記憶より小さく狭いスペースに酒が並んでいる。けれど、どこかお店全体から明るい印象を受けるのは、お酒以外にも酒粕《さけかす》や、酒粕を使ったケーキやクッキー、坂本龍馬らしきイラストのPOPなどがあるからだ。昔とは雰囲気が違う。

「いらっしゃいませ」

店の奥から声がして、女が現れた。白髪まじりのショートカットでふっくらした女で、年齢は五十歳ぐらいか。赤いエプロンをつけて、化粧はあまりしていない。おばさんだけど、声が可愛い。

「これ、ください」

時子は酒粕を使ったクッキーをレジに置く。ふと、レジ前のイラストマップが目について、手にとる。

「これね、私が作ったんです」

女が言った。確かにいかにもな手作りで、坂本龍馬のイラストと、周辺の地図が描かれている。

「絵が、お上手なんですね」

「おおきに、ありがとうございます。小さい酒屋で、今はお客さんもネットでお酒買うことが多いから、商売も厳しいでしょ。せっかく伏見という素敵な場所なんやから、こういうサービスでもっと知ってもらえたらええなぁって。上手な絵やないんやけど」

女は嬉しげにそう口にする。

「このクッキーやチーズケーキは、手作りなんですか」

「そう。でも、私やなくて、妹が作ってるんです。料理学校出て、知恩寺の手づくり市でお店出したりしてる娘《こ》なんです。何か、お酒以外にお菓子を売れないかと相談して、作ってもらいました。妹もこの近くで小さなお菓子屋やってて、お茶も飲めるので、よかったらどうぞ」

話しながら、時子はこの饒舌で愛嬌のある女は誰なんだろうと考えていた。悠斗の妹ではないはずだ。悠斗の妹は、悠斗に似ていて、背が高く細身で切れ長の目だった。

「お母さん、ただいま」

すらっとした女の子が店に入ってきた。大学生ぐらいか。

「お帰りなさい、冷蔵庫にチーズケーキあるで」

女がそう言うと女の子は「はーい」と、勢いよく奥に入っていく。

「娘なんです。近くの大学に通っていて……」

女がそう言うので、もしかして龍谷大学ですか——と、時子はほとんど反射的に質問する。

「そうです」

「私もそこ、卒業しましたから、後輩ですね」

時子がそう言うと、「まあ、ご縁があるわ」と、女の顔がほころび、皺が深くなる。

「じゃあ観光じゃなくて、京都の人なん？」

「今日は……観光です。もともと北海道から京都の大学に来て就職して住んでいましたが、今はまた北海道に戻ってて」

普段は人見知りのはずなのに、どうして自分はこんなに話しているのだろうか。多分、美人じゃないけど人なつっこい、この女の安心感のある雰囲気のせいだ。

「思い出の場所なんやね。楽しんでいってください。あ、いらっしゃいませ」

新たに客が来て、女がそう言った。客はがっしりした身体の年配の男で、近所の人なのか、「女将さん、いつもの」と声をかける。

「ありがとうございます」と、時子は声をかけて店を出る。女将さんということは、あの女が店を取り仕切っているのだろう。

入口に子ども用の自転車があるのに気づいた。どう見ても、さきほどの女の子のものではない。ということは、他に小さい子どもがいるということか。

時子は店でもらったイラスト入りの手作りの地図を広げる。昔、大阪と伏見をつないだという三十石船《さんじっこくぶね》や、伏見の酒蔵がイラストで描かれている。女の妹がやっているという店で一休みしようと決めた。


店はマンションの一階で、すぐに見つけられた。酒屋から歩いて五分もかからない。住宅街なので、人目にはつきにくそうだ。ガラス越しに眺めても、人がいる様子はない。時子が店の扉を開けると、ちりんと鈴が鳴った。

「いらっしゃいませ」

声と共に、奥から女が出てきた。細身で、長い髪の毛を後ろにまとめている、顔にそばかすがある女だ。年齢は自分と同じぐらいだろうか。

「カフェのご利用ですか」

そう聞かれ、時子は頷く。小さな店で、二人掛けのテーブルがふたつしかない。ガラスのケースにはケーキが並んでいる。ケースの上には竹籠に乗ったクッキーやラスクもある。

時子は奥の席に座った。水を運んできた女に、「酒粕チーズケーキと甘酒のセット」と告げる。アイスクリームもあるらしいが、さすがに寒い。

そういえば——と、時子は記憶の糸を手繰り寄せる。「粕汁」を知ったのは、悠斗の家に呼ばれてご飯をごちそうになったときだった。鮭と野菜を入れたお汁《つゆ》に酒粕を溶かす「粕汁」を、初めて食べたときは衝撃だった。ほのかな甘みが温まり、うっすらとしたお酒の匂いがくせになる。

「粕汁って、関西のもんやったんやな。俺、ずっと知らんかって、大学に入ってから、周りに『粕汁なんて知らん』て言われてびっくりした。子どもの頃から当たり前に食べてたからな」

時子は、粕汁の存在そのものを知らなかった。酒屋をやっている悠斗の家には良質の酒粕があり、冬は毎日のように粕汁を食べるのだとそのとき知った。悠斗の母のレシピを教わって、自分でも真似たものを作って、それからはすっかり冬の定番となっている。悠斗と別れてからも、粕汁を作る度に、彼のことを思い出していた。

「七味をかけると、また上手いんや」

悠斗に、粕汁には清水《きよみず》の七味家本舗の七味が合うんだと教えてもらって、その七味も常備するようになった。粕汁だけではなく、普通の味噌汁にも合う。

伏見を訪れると、忘れていたはずの悠斗との小さな思い出が、ひとつひとつ蘇る。土地は記憶を呼び覚ます装置だ。歩くだけで、さまざまな過去が生き返る。

「その地図、姉が作ったんですよ」

時子がさきほど悠斗の実家の酒屋でもらった地図をテーブルの上に置いていると、アイスと珈琲を運んできた女が、声をかけてきた。

「さっき、酒屋さんでもらったんです」

「おおきに、ありがとうございます。姉夫婦の店で、私の作ったお菓子も置いてもらってるんです」

姉夫婦――女の口から出た言葉に、時子は問いかけずにはいられなかった。

「お姉さんと、旦那さんのお店なんですか。お店には女の方ひとりだったけど」

「姉の嫁ぎ先で、ついでに私も近所に引っ越してきちゃったから、よく遊びに行くんです。多分、姉の夫は配達に行ってると思いますよ。京都も観光客が増えて、伏見は伏見稲荷大社がすごく人気だから、おかげさままで忙しくなってて」

女は、そう言った。

旦那さんの名前は――時子は聞くべきかどうか迷った。

「旅行ですか」

女がそう問うので、「はい」と時子は答える。姉と同じことを聞くのだなと思った。

「京都は昔、少し住んでいたんです。今は北海道の実家なんですけど、懐かしくて」

少し住んでいたというのは嘘だが、無意識に何故かそう言ってしまった。本当は人生の大半を過ごした街なのに。

「北海道……夏は涼しくていいですね。京都は本当に夏は暑くて、でも冬も寒いし。私も旅行は好きなんで、北海道は三年前に行きました。こういうお店やってるけど、ひとりなもので気楽なんです」

ひとりなもので気楽――ということは、女は独身か。

「私も実家住まいではあるけど、独り身なので気楽で」

時子はそう続ける。本当は結婚は決まっているけれど、何故か正直に言えなかった。

「そうなんですよね。世間ではいい年して独身でなんだかんだ言われるけど、好きなことできますよね。姉を見てると、子どももいて忙しくて、大変やなって思うんです。向こうからしたら、家族っていいもんやなと幸せなんやろうけど」

幸せ――その言葉が時子の胸に止まる。もしも、あの酒屋の女が、悠斗の妻だとしたら――。

でも、悠斗は「酒屋は継がない」と言っていたはずだ。じゃあ、あの女と、その夫は誰なんだろう。

悠斗とはバイト先で知りあって大学が違ったのが幸いで、別れたあとは共通の友達であるバイト仲間と連絡を絶ち、その後の消息も全く耳に入らなかった。自分を捨てた男が他の女と結婚して幸せになっているなんて話は聞きたくなかった。そうして耳を塞いでいると、忘れられると思っていたし、実際に思い出すこともほとんどなくなっていた。

「チーズケーキ、美味しい」

時子は酒粕のチーズケーキを匙《さじ》ですくって食べて、そう口にした。お世辞ではなく、口の中に酸味の混じった酒の爽やかな香りと甘みが広がった。

「ありがとうございます。Facebookにうちのお店のページがあって、通販もしてるんで、よかったら覗いてください。宣伝せなあかんて、義兄が自分のところの酒屋のページと一緒に作ってくれたんです。私はそういうのほんま疎《うと》いんですけど、義兄は営業のサラリーマンやってたんで、ちょくちょくアドバイスくれます」

「……脱サラして、酒屋さんされたんですか」

「義兄の両親はもう酒屋を引退して、今は向島《むかいじま》ニュータウンで暮らしています。義兄や姉も子どもが大きくなったから、もうすぐそっちに引っ越す予定です。今の家は古くて隙間風も吹くから寒くて。義兄も本当は酒屋を継ぐ気はなかったから就職したんですよ。でも、うちの姉と結婚して子どもができて、地域に根差した仕事をしたいって思うようになったらしく、会社を辞めたんです」

胸の鼓動が早くなる。義兄の名前は——そう聞きたくてたまらない。

向島ニュータウンは、かつてあった巨椋池《おぐら》という大きな湖を埋めた跡地に作られた団地だ。巨椋池が、昔から歌などによく詠まれた場所だったことは、大学の授業で習った。

「地域の人と一緒になって、もっとこの伏見の良さをアピールして、盛り上げていこうって、いろいろやってます。観光客は増えたけど、昔ながらの小売の店とかは売上が下がるばかりやから、なんとかしたいんですよ。義兄、お店はほとんど姉にまかせっきりで、中書島《ちゅうしょじま》に、義兄の仲間みたいな人たちが集まるお酒も出す昼間から開いてる店があるんですけど、そこでいろいろ作戦会議みたいなことやってて、毎日入り浸ってるんです」

中書島——時子にとって懐かしい地名だった。もともと遊郭があった土地で、それを教えてくれたのも、悠斗だ。中書島の銭湯にもふたりで何度か自転車に乗って行き、一緒に時子の家に帰った。

「そのお店、中書島のどこですか」

ほとんど無意識に、時子はそう聞いていた。女は戸惑う様子もなく、メモを持ってきて、地図を書いてくれた。レジでお金を払い、女に礼を告げて店を出た。

「別れてください、お願いします」

悠斗にそう告げられても、驚きはしなかった。敬語を使うなんてよそよそしいと思ったぐらいだ。わかっていたことだ。彼の気持ちが自分のほうに向いてないことは。それでもはっきり言葉にされると、苦しくて息ができなくなった。

時子が俯いて黙っていると、悠斗は「お願いだ、頼む」と、もう一度深く頭を下げる。謝るようなことをあなたはしているのか。私はあなたを謝らせているのかと、顔をあげてその姿を眺めていた。

悠斗が時子と会うのは三ヶ月ぶりだった。京阪電鉄中書島駅の四番ホーム。当時はまだ改札はひとつしかなく、改札と離れた一番奥のホームだった。お互い二十四歳になっていた。卒業してから仕事が楽しくて向上心に燃えている悠斗と、仕事が合わなくてつらくて半年で音を上げた時子。話が合わなくなっていた。悠斗は同期の社員や先輩とも仲良くやっているようで、土日も彼らと遊びに行く機会が増えたのに、時子の口から出るのは愚痴ばかりだ。

会社を辞めてからも、気持ちはずっと不安定だった。悠斗がどれだけうんざりしていたか、あとになってわかる。けれど当時は、どうして自分のつらさに寄り添ってくれないのか、そばにいて励ましてくれないのか、会社の友達を優先するのかと、悠斗に対して不満が募っていった。

「俺、しんどい」

そう言われたのは、卒業して一年目の春だ。時子は生命保険の会社を辞めて、バイトしながら職探しをしていたが、なかなか見つからない時期だった。

「しんどいって、どういうこと？」

「愚痴ばかりで、聞いとって重い気分になんねん」

「だって、仕事見つからなくてお金なくて……私のほうがしんどいよ」

そう口にすると、目をそらされた。

——だから結婚してよ——その言葉は、大学を卒業する前から、時子の頭の中をぐるぐるとまわっていた。まだ早いと返されるのはわかっていたから、必死に我慢していたけれど、本当は、悠斗と結婚したくてしたくてしょうがなかった。

初めての恋人である悠斗と結婚するのは当たり前だと信じていた。ふたりで暮らし、子どもを産んで——だから就職活動だって真剣になれなかったし、実際に就職しても、どうせ自分は結婚していつか辞めるんだという気持ちで仕事に前向きになれなかった。

職探しをしてはいるけれど、本当は就職よりも結婚したほうが生活も心も安定する。でも、自分だけがそう思っているのも、わかっていた。悠斗は今、仕事と仲間との遊びで頭がいっぱいで、結婚して自分を背負うのなんて望んでいない。

子どもができたら結婚してくれるかもと考えていたが、回数が少なくなったセックスで、悠斗は避妊を欠かさない。「大丈夫だから」と言っても、「こういうのはお互いのためにちゃんとしておかないと」と、必ず避妊具をつけるから、妊娠なんてしない。その冷静さも悲しかった。抱き合うときぐらいは無我夢中になって欲しいと、恨みがましくなりそうだった。

自分だけが悠斗に夢中だと思うと悔しかった。初めての男、初めての恋人――だから結婚してこれからもずっと一緒にいるという約束が欲しかったのに。

結婚してとこちらから口にすれば、嫌われそうで怖かった。だけどその代りに、何かあると「私は悠斗しか知らないんだからね」と言って、困らせた。

「最近、悠斗の実家に行ってないよね。久しぶりにお母さんたちに会いたいな」

大学時代はときおりご飯を食べに行っていた悠斗の実家の酒屋も、就職してからは会う時間すらないので、遠のいた。悠斗も、以前のように「うちで飯食おう」とは言わない。

距離を感じて悔しくて、思い詰めた日などに、用事もないのに悠斗の実家の近くに行ったことは何度もある。酒屋を覗いたら、きっと悠斗の母が「時子ちゃん、お茶でもどうぞ」と、親切に声をかけてくれるだろうけれど、悠斗に怒られそうで、遠くから眺めるだけだった。

結婚すればすべて解決する。うんざりする仕事からも逃れられるし、悠斗が新しい世界で仲良くしている人たちに嫉妬もしなくなる。そんなことばかり考えていた。まともに働く気のない、男に人生をおんぶしてもらおうと依存する気まんまんの女なんて、嫌われて当然だ。どんどん自分が嫌いになっていく。私が私をこれだけ嫌いなのだから、恋人に嫌われるのなんて当たり前だけど、自分の気持ちを止められない。

そのうち悠斗は時子の部屋に来なくなった。距離を置いて、別れる準備をしていたのだろうとは考えたくなかった。仕事が忙しいからしょうがないんだと、必死で自分の気持ちをごまかしていた。そして久しぶりに悠斗のほうから会おうと呼び出されたのは、京阪電鉄中書島駅の四番ホームだった。

ここを選んだのは、ある程度人が行き交うけれど混雑しておらず、誰もが他人を気にとめる暇もない場所だからだろうとあとになって気づく。

ホームで久しぶりに悠斗の顔を見て時子が泣きそうになったのは、愛おしさが募ったからではない。その表情に、はっきりと彼の意志が現れていたからだ。

もう、心はない、と。わかっていることだった。でも、現実を見たくなかった。悠斗と別れたら人生は終わりだと思っていた。

悠斗に促され、時子はベンチに腰を下ろす。

「なんで」

気持ちが離れているのだとわかっているのに、聞かずにはいられない。けれど、悠斗の口から出たのは、時子の予想外の言葉だった。

「……好きな子できた」

悠斗は、正直だった。

時子の気持ちが重い、まだ結婚はできない——そう返ってくるかと思っていたのに。

「……誰？　私の知ってる人？」

「いや、知らん子」

「同じ会社の人？」

「うん。でも、つきあってるわけでもなんでもない。こっちが一方的に好きなだけや」

電車が近づいてくるとカンカンカンと警報音が鳴る。このホームに来る電車ではないようだ。

「もう、好きじゃないのに、時子とは、つきあえへん」

はっきりと、悠斗はそう言った。好きじゃない——その言葉の破壊力は、言葉を失わせた。

本当はもっと悠斗は時子に対して言いたいことはあったに違いない。責められても仕方がない。でも、その言葉だけで、返す言葉は見つからなかった。

「時子は、能天気そうに見えて、思い詰めるところあるから。もっと気楽に、楽しめばええねん。仕事って、自分次第で楽しくもなれる。俺は、その気持ちをわかって欲しかったんや」

悠斗の言葉に時子は黙り込む。涙も出ない。そして、悠斗は時子の存在が重かった以上に、自分の理解者が欲しかったのだとわかる。きっと悠斗の好きな女は、同じ職場でそれができる人なのだろう。

「元気で。無理せんとき」

時子が引き留める言葉を探しているうちに、悠斗は勝手に別れ話を終わらせて、容赦なく階段を駆け上がっていく。

まるで時子から、逃げるように。

追いかけるべきなのかとも迷ったけれど、そんなことしたら、耐え切れなくて涙が溢れてしまう。男に捨てられた女が泣きながら男に縋《すが》るなんてみっともないところを人に見られることになる。もっと人のいない場所なら、追えたかもしれないけれど。

悠斗は、時子に用件だけ告げてすぐ立ち去るために、この場所を選んだのだ。


何年、悠斗のことを引きずったのだろう。終わりのほうはほとんど会ってはいなかったとはいえ、初めての恋人で、結婚もするつもりで、数年一緒にいた男との別れは応えた。次から次へと男を作れるような器用さは持ち合わせてなかった。

学生時代の友達と会う際に、「悠斗くんといつ結婚するの」と聞かれ、「別れちゃった」と答えると、驚かれたし、同情もされた。

「当たり前に結婚するもんだと思ってた」

どんなに悲しくても、生きていかないといけないのだ。そして生きていくためには、仕事をしないといけない。それが現実だ。ハローワークに足を運び、市内の書店の契約社員の求人を見つけた。給料はそう高くはないが、贅沢は言っていられない。

「本が好きな方」と求人票にあったけど、好きかどうかと問われると返答には困る。ただ、悠斗が歴史小説や推理小説が好きで、それに影響をうけて読んだ。

面接では「本、好きですか」と問われ、正直に「好きになりたくて、応募しました」と答えたら、笑われた。でもそれが結果的によかったのかもしれない。採用されたのだから。

書店で働きだして、覚えることも多かったし、とにかく忙しかったが、それに助けられていた。時間があったら悠斗のことを考えて、落ち込みそうだった。

実際に悠斗と別れて仕事を見つけるまでの三ヶ月は、声が聞きたくて悠斗の家に電話して、「もうやめてくれ」とうんざりした声で言われることを何度かした。あの頃は、携帯電話もスマートフォンもなかった。その前にポケベルが流行り、ＰＨＳがでだした頃だった。でも悠斗がPHSを持っているかどうかわからなかったし、持っていたにしろ番号がわからないので自宅にかけるしかなかったのだ。電話をとった悠斗の母は淡々と接してくれたけれど、内心、しつこい女だと嫌われていただろう。

「黒歴史」という言葉があるが、伏見は時子にとってまさにそんな場所だ。

酒粕スイーツのカフェを出て、時子は歩いて中書島方面に向かう。川向かいの赤い塀が途切れたところにある寺が目に留まり、中に入る。「長建寺」というこの寺にも、昔、一度だけ悠斗と一緒に来たことがあった。中には小さなお堂と庭があり、無料で参拝できる。

伏見は宇治川という、淀川に合流する大きな川がある。大阪へ船で行く人たちの交通の要所で、だから宿があり、坂本龍馬が襲撃されたことで知られている寺田屋も薩摩藩の定宿だ。確かあそこも悠斗と行った。寺田屋の女主人お登勢《とせ》がきっかけで、龍馬は妻であるおりょうと知り合ったのだと、縁結びの「お登勢明神」があってお参りしたはずだ。悠斗は歴史小説が好きだったので、時子の知識は全て悠斗の受け売りだ。

長建寺は中書島の遊郭の遊女たちもお参りに来ていたと聞いた。伏見に遊郭があったなんて、知らなかった。スナックなどは今でもあるけれど、ほとんど当時の名残はない。人が行き来する場所と遊郭がセットになっているのは、ひとときの安らぎを男たちが求めていたせいだろうか。

さきほどのカフェの主人にもらった地図を手にしながら、その中書島遊郭跡に時子は向かう。京都に来て、繁華街である四条付近、高瀬川《たかせ》沿いで風俗店の看板などを目にしたとき、やはり古都といわれる場所にもそういうところはあるんだなと思った。札幌にはすすきのという歓楽街があったので驚きはしない。遊郭のあった島原等は建物がまだ残っている。けれど中書島遊郭は知らなければ間違いなく何も気づかず通り過ぎる場所だった。

昔の恋は幽霊のようなものだと思う。実体はないのに、生きている人間の念だけで作りだされる存在だ。恋愛なんて、形がないものだし、結婚でもしない限り、記録にも残らない。そんなものにふりまわされ、依存し、人生をかけるなんて、愚かなことだと今なら思う。でもそれは自分がもう四十過ぎて、幾つかの恋の終わりを経験してきたからそう思えるのだ。若い頃は、恋愛がすべてだった。それはきっと自分だけではないはずだ。

悠斗にふられたとき、「死のう」と思った時期もあった。もちろん、本気じゃなかったけれど、当時つけていた日記に「死にたい」という言葉をつらねたり、悠斗自身にも言いたくてたまらなかった。

でも、それは悠斗のことを深く愛していたからではない。若くて、何も持たない自分にとって、悠斗しか自分の存在意義がなかった。好きだったのは間違いないけれど、それは初めての男だったから、結婚したかったから、そう思い込もうとしていた。

でも、彼は、どうだったのだろう。

時子は歩いていて、「あっ」と声をあげてしまった。昔ふたりで通った「新地湯」という銭湯が、そのままあった。タイルの美しい銭湯は、どうやらまだ営業しているみたいだ。悠斗が大きな風呂が好きで、ふたりで自転車に乗り通った思い出の場所だ。あれから年月は経って、いろんなものが消えていったけど、残っているものもあった。

銭湯の前を通り過ぎ、地図を頼りに路地に入り、ある一角に辿り着く。近づくと、その店はガラスの扉を開放していた。立ち飲み屋のような雰囲気かと思ったら、そうでもない。これなら偶然を装って入れるだろう。

ここに悠斗がいるかもしれない。今さら何をと思われるだろうか。そっけなく、冷たくされたら来たことを後悔しそうだ。だんだんと、躊躇《ためら》う気持ちが強くなる。店をのぞくと、木で出来たテーブルふたつと、カウンターがあった。まだ昼間だから人は少ない。カウンターには四十代ぐらいの男がふたり座り、中には髪の毛を茶色に染めた細身の女がいた。カウンターの男たちとママは知り合いらしく、笑顔で話している。

「いらっしゃい」

カウンターの端におそるおそると腰をかけた時子にママが声をかける。お酒を注文したほうがいいかと、時子はビールと鰆《さわら》の西京漬け、月見つくね、粕汁を注文する。

女ひとり、昼間からお酒を頼むことも、四十歳を過ぎてから出来るようになったことのひとつだ。昔は考えられなかった。ひとりで酒場に行ったり、ひとりで旅をするなんて、寂しい女だと思われるのが嫌だと思っていたけど、そんなに他人の目を気にするほうがおかしかったのだ。若い頃のほうが、つまらないことをたくさん気にしていたから、年を取って楽になった。「女の幸せは結婚」「彼氏がいない女は可哀想」なんて思い込みも、そうだ。ちっともそんなことないのに。

まずビールと大根と揚げを煮た突き出しが運ばれてくる。喉が渇いていたのか、寒いはずなのに、ビールがいつもより美味い。そんなにお酒が好きでも強くもないけれど、こうしてお酒が欲しいときはある。もともとそんなに飲むほうではなかったのに、一時期は浴びるように飲んで酔って、友達にも心配された。あれは悠斗と別れたあとだ。お酒に逃げていた。悠斗を忘れさせてくれた次の恋人と知り合ったのも、お酒がきっかけだった。

「ゆうちゃん、今日来ぃひんのかなぁ」

男のうちのひとりがそう口にした。ゆうちゃん――悠斗は古い友人たちにはそう呼ばれていた。

「あと一時間ほどしたら配達来るよ。あんたらがたくさん飲んでくれるおかげで、うちもゆうちゃんの店も儲かるわ」

時子は黙って耳を澄ます。ゆうちゃん、やはり悠斗のことか。ビールを飲み干し、思い切って日本酒を注文する。「伏見のお酒でおすすめのをください、熱燗で」と言うと、ママが「はいよ」と、笑顔で注いでくれた。

「うちにいつも来てくれる酒屋さんのおすすめでね。やっぱり伏見は酒どころ、日本酒がいいね。お姉さん、旅行？」

そう聞かれるのは今日で三回目だと時子は苦笑する。それだけ京都という街は観光客があふれているのだ。

「はい。普段は北海道に住んでいるんですが、学生時代に京都に住んでて、懐かしくて」

「ひとり旅？」

「はい」

「いいね、ひとり旅。ひとりが一番気楽だよ。お姉さん、サービスにこれどうぞ」

女がそう言って、肝の山椒煮を出してくれる。

箸をつけると、今まで味わったことのないうまみが口の中に広がる。

「美味しいです」

「でしょ。よかった。いい山椒を使ってるの、鞍馬《くらま》の」

女は目を細め、嬉しそうな笑みを浮かべる。

京都には長いこと住んでいたけれど、今の自分は旅人だから、こういうふうに親切にされているのかもしれない。

「ゆうちゃんの店、カミさんが来てから売上ええみたいやなぁ」

男たちが話を続けるので、時子は我に戻る。

「最初はゆうちゃんの親も反対してたみたいやけど。年上の、子持ちで……でもカミさんがいるからゆうちゃんも家を継ぐ気になってくれたみたいだし」

「絶対に酒屋なんか継ぐかって、ずっと言ってたのにな」

やはり「ゆうちゃん」は、悠斗のことなのだと、時子は確信を持つ。そして、さきほど酒屋であった女は、悠斗の妻であったか。途中で帰ってきた少女は、女の連れ子なのか。でも、店の前にあった小さい自転車は——。

「女は男によって変わるとかいうやん。でも、逆やないかなぁ。女によって男って変わる例のほうをあたしはよく見る。ゆうちゃんだって、昔はもっと理屈っぽかったのが、結婚してから地に足がついたよ。おっさんぽくなったけど」

カウンターの中にいるママが言った。

さきほどのママの話だと、あと一時間すると悠斗がやってくるらしい。

でも、ここで、偶然を装って冷静に会うことができるだろうか。時子は日本酒をもう一杯、注文して口をつけた。美味しいけれど、馴れない酒で、だいぶ頭の中がくらくらしてる。でも、だからこそ、勇気が芽生えた。嫌われるのが怖い。ずっとそう思ってきた。でも何がいけないのだ。どうせもう二度と会わない、昔の男だ。プライドなんか捨てないといけない。わざわざ京都まで来たのに。

時子は鞄から手帳を取り出し、ボールペンで書き込むと、そのページだけやぶり、折り込み、化粧ポーチに入れていたマスキングテープで封をする。

「ごちそうさまです」

そう言って立ち上がり、レジでお金を払い、おつりを受け取ると、ママが「お姉さん、いい旅を」と口にした。

「ありがとうございます……あの、これ、さっきお話に出てた、酒屋のゆうちゃん……悠斗くんが来たら、渡してもらえませんか」

時子の言葉に、カウンターにいた客たちもこちらを向いた。

「あれ、ゆうちゃんの知り合い？　ここで待ってたらもうすぐ来るよ」

「いえ……用事があるんで、そのメモだけ渡してもらったら。北海道から来た女だって言ったら、わかると思います」

わからないかもしれないけど――と、内心のところは思っていた。二十年近く前の話だ。悠斗がすっかり自分のことを忘れている可能性だってある。

それでも、賭けたかった。

「わかった。渡しておく」

何かを察したのか、ママはそれ以上聞かずに、折りたたんだメモを受け取った。

「ありがとうございます」

男たちに今、きっと自分は好奇の目で見られているだろう。それがわかっていたから、時子は深くママに頭を下げただけで、すっとその店から出ていった。


「感動した」

最初にキスしたのは、今はもうない時子のマンションの前だった。そして、セックスしたのは時子の部屋だった。そのとき、悠斗はそう口にしたのを今でも覚えてる。

「大袈裟じゃないの」

肌を合わせたまま、時子はそう言った。悠斗のほうは初めてではなかったし、それは事前に知っていた。

「好きな子とするの初めてやったから」と、返された。嬉しくて、時子は無言で悠斗の胸に顔を埋め、唇を当てた。

大学生で、周りは夏休みに次々と初体験を済ませている娘が多かったし、自分だとて彼氏ができたときからこの日を待っていた。快楽を求めてセックスしたかったわけではなく、好きな人とつながるためにしたかった。セックスは好きな人、一生一緒にいる人とするものだとあの頃は信じて疑わなかった。つまりはセックスに過剰な期待をよせていたのだ。でも、自分のような女は、あの頃、たくさんいた。

最初のセックスは痛かったし、自分がどうしていいのかわからず、悠斗のほうも上手くリードできなくて、成功するまでには少し時間がかかった。でも、だからこそ、痛みを我慢して悠斗のものが中に入ってきたときはホッとしたし、今まで聞いたことがない声を出して避妊具の中に悠斗が射精したあと、「感動した」とつぶやかれたときは、心の底からこの人のことを好きだと思った。

あのときの「好き」という気持ちがずっと続けばよかったのに、そうはならなかった。この人と結婚して、子どもを産んで、毎日ご飯を作って、お弁当も作って、年を取っても仲良く手をつないで過ごす――今思うと、そんなCMに出てきそうな陳腐な未来ばかりを追っていた。人の幸せは人の形だけあるはずなのに。

就職して社会人として頑張る悠斗の気持ちを置き去りにして、自分はそんな夢を見ていて

――救いようのないバカな子どもだった。ふられたときは裏切られたと悠斗を憎んだし、恨んだ。許せないと思っていた。でも本当は、逆だ。彼を追い詰めていたのは自分だ。

時子は中書島駅の四番ホームに入り、ベンチに腰かける。かつて別れ話をしたこのホームには、あれから新たな改札口が設置され、また、早朝しか電車が来ないホームになっていた。だから今は、誰もいない。ポツンとベンチがあるだけだ。日が暮れはじめた。今日は一日、そこそこ歩いたので、ふくらはぎが張っているのを感じる。悠斗の実家の酒屋、悠斗の妻の妹のお店、そして悠斗の行きつけの飲み屋――誰もが自分に親切にしてくれたのは、自分が旅人だからだ。京都の街は、旅人に優しい。京都の人間はいけずだとよく言われるし、働いているときに、それを感じたこともある。でも、今、自分はもう「よそさん」だから、皆、優しくしてくれる。一期一会、そのときしか会わない人だから。

悠斗は来てくれるだろうか。メモには「十七時四番ホームにいます」とだけ書いた。名前も携帯電話の番号も書かなかった。「北海道から来た女」という伝言で、自分だと察してくれることを期待した。

番号も名前も書かなかったのは、もし悠斗が来なかったときに、傷つかずにいたいからだ。彼が来なかったのなら、用事があったのだろうとか、もう会う意味はないと彼が決めたのだからと、諦めきれるような気がした。あるいは、彼が自分のことを、忘れているか。

それならそれでいい。

時子は腕時計を見た。十七時まではあと五分だ。他のホームでは帰宅時間前ではあるけど、学生らしき人や観光客っぽい人たちの賑やかな話し声が聞こえてくる。

待つ時間が長く、時子は目をつぶる。ホームの端の改札を眺めていたら、いつまでたってもここから動けそうにない。

時計を見ると、十七時まではあと二分。

三十分間だけここで待とうと決めている。いや、十五分でいい。悠斗は時間にはきっちりしていた。十五分待って来なければ、宿に戻ろう。宿の近くの、どこか美味しいお店でご飯を軽く食べる。さっき立ち飲み屋で少し食べて飲んだからお腹はそうすいていない。

日本酒の酔いが、すっかり冷めているのをベンチに座って実感している。もっと飲むべきだったのだろうか。いや、ダメだ。酔ったら余計なことを言うに決まっている。相手を困らせる言葉を、恨み言を。

許せない、許せない、許せない——私以外の女の人と幸せになるなんて、絶対に許せない——あんな手紙を送ったのも、酔っていたからだ。真っ白な便せんに、赤いペンで、まるで呪うように、書いた。もしあの時代、メールというものがあったなら、たくさんそうして恨

み言を送っていただろうし、きっと「ストーカー」と呼ばれていたはずだ。

酒屋で会った悠斗の妻の姿が浮かぶ。自分より年上だと思ったけど、正解だった。バツイチの子持ちと結婚するから両親に反対されたとさっき飲み屋の男たちが話していた。つまりは反対されても一緒になりたいほど好きだったってことか。

時子は足音を察して、目を開く。階段のほうに顔を向けると、男が立っていた。

一瞬、関係ない人が来たのかと思った。

「やっぱり時子か。北海道から来たっていうから」

男が笑みを浮かべながら口を開いて、立ち上がる。

「悠斗」

「変わんないよな。俺、わからんかったやろ。もう立派なおっさんだから」

そうやって男はまた笑う。その顔に、かつての恋人の面影があった。

二十年前の細身の悠斗からすれば、だいぶ肉がついていた。白いシャツの腹の部分がぽっかり出ている。髪の毛には白髪が混ざり、首には店の名前が入った手拭いをかけている。口元の周りにはうっすら髭が生え、目じりには皺があり、顔は黒く焼けていた。

「ママがな、メモ渡しながら、『昔の彼女?』って、にやにやしてたけど、大正解やったな。誰やろうって思ったけど、ママから聞いた背格好とか年齢とか、で、やっぱり北海道やから、すぐわかった」

「なんかめんどくさいことしちゃって、ごめん。忙しいのに」

「ええよ。今日の配達はもう終わった。あとは家で飯食うだけやけど、うちはいつも子どもの塾の関係で七時ぐらいになるんや」

悠斗に言われ、ベンチに腰かける。二十センチぐらいの距離を置いて、悠斗も続く。

やはりあの酒屋の前にあった自転車は、悠斗の子どものものだったのか。

「子ども、何人？」

「上の子は女房の連れ子で、今は大学生。時子の行ってた大学で、近いから自宅住まいで、こっちも助かってる。あと、小学生がふたり。六年生は男の子で、二年生は女の子」

「三人もいるんだ」

「なかなか大変でな。酒屋も、量販店が増えて安く売るから、うちみたいな小売は厳しい。まあ女房がいろいろ頑張ってくれてなんとかなってるけど、これから先はどうなるかわからんよ」

悠斗は淡々と言葉を続ける。二十年の歳月も、過去の恋愛もなかったかのように、まるで店の客に話しかけるように。

「時子は、今は実家に帰ったんか？　仕事は？　結婚したのか」

次々と悠斗が質問を繰り出してくる。

「最近まで京都の本屋さんで働いてたけど、今は家に帰って……結婚はしてない」

婚約して、もうすぐ結婚するんだというのは、何故か口にしづらかった。

「そうか。まあ元気なら、ええよ。何が起こるかわからんし。俺もまさか酒屋を継ぐなんて思わんかった」

そう言って悠斗は笑う。

「なんで会社辞めて酒屋継いだの？　絶対嫌だって言ってたのに。仕事に燃えてたのに」

「仕事楽しかったよ。でも三十歳になったときに、父親が足悪くして、母親も癌になって、家のバタバタが続いた。オヤジは『この店は一代限りだから、俺が働けなくなったら閉める』って言ってくれてたんやけど……家にというか、ずっと住んでるこの場所で何かしたいなって思い始めた」

悠斗は語り続けるが、時子の顔は見ようとしない。

「俺はずっとこの伏見で生まれて育ったけど、あんまり地元のこと考えたことあらへんかった。京都って、すごくいいイメージもあるし観光地やけど、伏見ってまた違うやろ。そりゃ寺田屋とか酒蔵とか、伏見稲荷とかあるけど、外れではあるし、もっと大人が楽しめる場所ってのを極めたら楽しいんやないか、とか。せっかく家が酒屋なんやし。なんとなくそう考えながらも、会社を辞めるきっかけもなかった。その頃に、今のカミさんと知り合った。もとは彼女の妹のほう、今は近くでカフェやってんねんけど、その妹がうちの酒屋で酒粕買っていろいろ作りだした。あの頃、彼女は普通に会社員やってて、土日で酒粕ケーキとかを手づくり市で売ってた。ほんまはうちの親は、妹のほうと俺を結婚させようなんて考えていたらしいんや。そやけど俺は彼女が当時一緒に暮らしていた姉のほうを好きになった。離婚して子育てして、妹と子どもと三人で近所に暮らしてて……苦労はしてるはずだけど、とにかく明るくて、一緒にいると楽しくて、惚れた」

愛嬌のあるふっくらした「酒屋の女将」の顔が浮かんだ。

「で、まあ、親からしたら、びっくりや。姉のほうは年も上だし、子どももいる。そのときに、俺、家継ごうって思った。親とカミさんと俺とで、やっていけたらいいんじゃないかって。親はその頃、店閉める段取り組んでたんだけど、古くからの馴染みのお客さんとかすごく惜しんでて、それなら俺がって言い出した。でもひとりならできひんかったな。カミさんありき」

悠斗の口調からは、妻への信頼と安心感がうかがえる。ときめきや激しい恋愛感情ではなく、家族なのだというのを思い知らされる。

「時子は、なんかあったんか？　遠い昔の男を思い出して、呼び出すなんて」

遠い昔の男――確かに、その通りだ。初めての男、結婚を考えていた彼氏――なぞった感情は過去のものでしかない、自分自身も。

「……別れるとき、鬱陶しかっただろうから、謝りたいのと……私、結婚するの」

そう口にすると、悠斗がホッとした表情を浮かべる。

「そうか、どうしてるんやろうなとは気になってた。どこかで幸せになってくれたらいいとは思いつつ……俺も罪悪感あったよ。だって俺は――」

お前の初めての男だから――という言葉を続けるのをためらっているのがわかる。ふたりの間に沈黙が走る。反対側のホームに電車が入り、その音でなんとなく会話が終わるのは都合がよかった。

「俺、もうそろそろ帰んなきゃ。ごめんな、ゆっくりできなくて。今日は親んところに家族で顔出す予定してるんや」

時子はかつて悠斗の母にもてなされた粕汁を思い出す。あの場所には、もう自分は行けないのだ。

「来てくれて、ありがとう」

「いいや、こっちこそ会えてよかったわ。元気でな」

そう言って、悠斗の姿がホームから消えた。階段を登っていくうしろ姿は、別れ話をされた時と同じで、一度も振り向かない。

連絡先も、結婚相手がどんな男なのか、今、どこに住んでいるのかも聞かれなかった。興味がないのだ、今の時子には。二度と会う気もないのだろう。それでもこうして会ってくれただけ、悠斗は優しい。

胸が一瞬痛んだが、それでいいと、時子は自分に言い聞かせる。自分だって未練があったわけではない、悠斗と会ったのは、ついでに過ぎない。ただ、生きていることを確かめられて、それでよかったのだ。

帰り際、改札を出て、再び中書島遊郭跡の商店街を歩き、赤い塀を辿り長建寺の脇を通ると、川が流れて、船が泊めてあった。三十石船を模して作ったものだが、もう薄暗くなっていたので人気《ひとけ》はない。

昔と変わらぬままの静かな流れの川を、時子は立ち止まってじっと眺める。

第二章　右京の恋人

目覚めは悪くなかった。というより、久しぶりに深く眠れた。

時子は起きた瞬間、まるでゲストハウスのその部屋が、学生時代に自分が住んでいた部屋であるかのような錯覚を起こす。四畳半の狭い部屋で、かつては家主の子ども部屋だったとは聞いた。目覚めが悪くないのは、昨日の悠斗との再会のせいだろう。会えなかったり、冷たくされたりということももちろん想定していたから、きちんとひとつ、終わらせることができたと思った。

布団を出て、洗面所で顔を洗い歯を磨く。鏡で素顔を見ると、しみじみと老けたなと思う。シミも皺もできたし、肌も弛む。年齢相応だから仕方がない。でも、もともと美人でもなく平凡で地味な顔立ちの分、老いのスピードが速くないのは救いかもしれない。

一年前、結婚相手である友彦と再会した同窓会で、自分のことは棚に上げて、同級生たちを老けたなと思ってしまった。特に昔、美人で男子のアイドルだった存在の娘が、結婚して子どもを産んで体重が二十キロ増えてシミだらけなのは驚いた。ただ本人も、それをごまかそうとはせず化粧もしてない。年齢に抗わないのは、それなりに今が幸せだからなのかもと思う。

何時に誰と約束をしているわけではなく、観光の予定もない。だからもっとごろごろしていられるけれど、外に出ないとここまで来た意味がない。

今晩は別の宿なので、荷物をまとめ化粧をして、服を着て、宿を出る。近鉄に乗り、京都駅構内のコインロッカーに大きな荷物を入れ、市バスで四条大宮まで行き、京福《けいふく》電鉄に乗り換える。路面電車だ。

書店の仕事は土日が忙しく、夜が遅いこともあるので、学生時代の友達と会う機会も減っていった。そのうち友人たちは、結婚し子どもを産んだり、地元に帰ったりで、会えそうな娘もいなくなった。時子は学生時代から、バイトと恋人に時間を費やし、サークル活動もしていなかったし、飲み会への参加も少なかった。悠斗にしか興味がなかったので、男友だちもいない。後悔はしていないけれど、社会人になり悠斗と疎遠になったとき、自分があまりにも悠斗に依存していたのだと気づかされた。

悠斗と別れてからのフリーター時代、そのあと書店に就職してしばらくは、人生で一番お酒を飲んでいた時期だ。夜になると飲まずにはいられなかった。ひとりが寂しくてしょうがなかった。

あの人と関係ができたのも、お酒がきっかけだ。あの人のおかげで、酒を止めることができたし、悠斗をふっきることができた。仕事に意欲がわいて、社会人になって初めて楽しいと思えたのも、あの人がいてくれたからだ。

京福電鉄——嵐電《らんでん》と呼ばれる、四条大宮から嵐山まで続く路面電車からの景色は、そう馴染みがあるわけではないのに、ひどく懐かしい。線路のすぐそばまで住宅が並んでいて、窓の洗濯物とか生活感のある光景だ。自分のように京都に憧れて遠くから来た人間ではない、当たり前にそこに住んでいる人たちの匂いがするその景色も好きだったし、憧れていた。

京福電鉄の有栖川《ありすがわ》駅で降りると、景色が広がった。町の中心より外れているためか、建物が密集せず、空が広い。ふと線路の脇を見ると「千代《ちよ》の古道《ふるみち》」という石碑が目に留まる。千代の古道は、平安時代の貴族が北嵯峨へ遊行する際に通ったとされる道で、歌にも詠まれている。この周辺、ところどころに同じ石碑があり、あの人のジョギングのコースだった。

時子はかつての恋人の顔を思い浮かべようとする。背が高く、顔立ちが整い、スーツの似合う見栄えのいい男だった。そんな男に「愛している」と言われると、自分がいい女になったような気になれた。ふたり目の男、二十五歳から二十六歳まで、ちょうど一年間、短い間だったけれど、熱烈に愛した男——だけど彼には、家庭があった。

人生で、たった一度の、不倫だ。そして、一番、嫉妬に苦しんだ恋だった。秘密を持つというのがこんなに苦しいことかといつも考えていた。好きな人に、堂々たる存在の「妻」がいることや、子どもがいることも頭から離れなかった。

悠斗とつきあっていたときは、自分の両親にも話をしていたし、悠斗の家族にも紹介してもらい、友人たちと一緒に飲みに行くこともあり公認の仲だった。堂々とふたりで外を歩けたし、誰にも「恋人がいる」と言えた。

有栖川駅を降りて、道沿いに南に歩いていくと、また「千代の古道」の石碑があった。以前、来たときにも、この石碑は目に留まった。街並みは変化しても、こういう歴史を刻む碑は、変わらず目印になる。目当ての白い――とはもう言えない、くすんだ壁の三階建てのマンションの前で、時子は足を止める。ここは、かつて西本浩史《にしもとひろし》が妻や子と暮らしていたマンションだ。エレベーターのない、マンション。当時はきれいなマンションだと思っていたのだが、さすがに時間が経って古ぼけている。それでもまだあるのだ。

重いガラスの扉を開き、ポストを見た。三〇一号室――そこにあるのは「西本」ではない、名字だった。引っ越してしまったのだろうか。あれから時間も経っているし、子どもも大きくなっているだろうから不思議ではない。オートロックではないので、部屋の前まで行こうかと思ったけれど、まるで不審者のようなのでやめた。とりあえず確かなのは、もう西本はここにいないことだった。

時子は大きなため息を吐く。安堵なのか、失望なのか、自分でもわからない。

悠斗と別れて契約社員として働きはじめた書店は、当時はまだ今ほどネットが普及していないせいか本を買う客でにぎわっていて活気があった。だから忙しくはあったが、仕事の楽しさを覚えることができた。時子が最初に配属されたのは四条河原町にあった店だ。今はマルイに変わってしまったけれど、まだ四条河原町の交差点に阪急百貨店があった頃で、売上もよかった。

西本浩史は、その本屋の客だった。毎日のように通ってきて、本を眺めている。背が高く、当時人気のあった俳優に似ていて、書店員の中でも「あのお客さんかっこいい」と口にしている者がいたので、すぐに覚えた。最初に喋りかけられたのは、彼が料理の本について時子に尋ねたときだ。

「名札に、『桐戸』とあって、親切に教えてくれたから、この人の名前を憶えていようと思った」

と、あとになって言われた。

「男が料理の本を買うのって、ちょっと抵抗があったんや。変な顔をされたらいややなって。だけど普通に親切にしてくれて、ホッとした」

浩史はビジネス書、ノンフィクション、雑誌などを主に購入していたけれど、彼の個人的な趣味は料理だった。平日は時間がないけれど、土日になれば家族に振る舞うのが楽しみで、料理の本を買うのだと最初の頃に聞いた。時子の部屋に来たときも、何度か作ってくれたものだ。当時は珍しかったエスニック料理などは、だいたい浩史が作ってくれて味を覚えた。店員と客として顔を合わすようになったけれど、仕事中に話し込む機会もなかった。名前も知らないけど、なんとなく感じのいい人という程度の印象だった。浩史はその頃、三十歳で時子より五歳上の、烏丸《からすま》の会社につとめるサラリーマンだった。烏丸付近にも書店はあるけれど、会社の人間に本屋であまり顔を合わせたくないと、河原町の書店まで来ていた。

「自分の読む本、好きな本を見られるのって、心の奥底を見られてるのと一緒やろ。だから恥ずかしい。たいした本は読んでへんけど」

そう言われて、なるほどなとは思った。確かに書店で働いて、レジや、棚のところにいて、この人がこんな本を読むのかと意外に思うことは、度々ある。化粧気のない地味そうな会社員風の女が、官能小説やセックス関係の本を何冊も買ったり、ヤンキー風の男が、ガーデニングや、フラワーアレンジメントの本を買ったり、いかにもおっちゃんといった感じの人が、少女小説を買ったり、とか。

人が心のうちに秘めているものが、本なのだ。本は人の心、そのものだ。それに気づいてから、仕事が楽しくなっていった。自分自身も、本は人の心だと意識して読むようにした。

そうしてほとんど毎日のように西本浩史とは顔を合わせてはいたけれど、ただの客と店員に過ぎなかった。

酒が悪かった。いや、そこまで飲んでしまった自分が悪い。まだあの頃は、仕事が楽しくなってきたとはいえ、悠斗のことを引きずっていた。ひとりで部屋にいることが寂しくて、誰かに誘われるとついていった。

その日も本屋の同僚と仕事が終わってから、木屋町《きやまち》で飲んでいた。賑やかな居酒屋で、大きなテーブルの端っこで飲んでいたら、隣にいたふたりの若い男が「一緒に飲まない？」と、声をかけてきた。昔なら、即座に跳ねのけていただろう。だって悠斗がいたから、他の、しかも知らない男と飲むなんてしちゃいけないと思っていた。

一緒にいた同僚と目を合わせ、彼女が「いいんじゃない」というので、四人で飲み始めた。知らない人と飲むせいか、もっと酔ったほうが肩の力が抜けるかもと、時子はいつもより強い酒を注文してしまう。

ぼんやりと覚えているのは、同僚が「私、明日、早番だからもう帰るね。うち遠いし」と、お金を置いて帰っていったことぐらいだ。「飲み過ぎに気をつけて」と、心配されたことも。一緒にいた男たちの話は、面白くなかったせいか、覚えていない。気がつけば、時子は店のトイレで吐いていた。気持ち悪くて、飲んだことを後悔した。

「桐戸さん、大丈夫」

トイレを出た瞬間、声をかけられた。心配そうな顔をしている浩史がいた。

「えっと……」

どこかで見たことがある顔だなと思いながら、頭がぐちゃぐちゃになっていたせいか思い出せなかった。

「本屋の客です。西本といいます。ひとりでカウンターで飲んでたら、桐戸さん見つけて、すごい勢いで飲んでふらふらになってたから声かけました」

そう言って、ハンカチを差し出された。時子は自分のハンカチはバッグに入れたままだと思いながらも、言い出せずに受け取った。みんなが「かっこいいお客さん」という男に、吐いてボロボロの顔を見られることが恥ずかしくて、情けなかった。

「ひとりで帰れる？」

そう問われて、こくりと頷くが、足元がふらついているのが自分でわかる。気分が悪い、また吐きそうだ。浩史に支えられて席に戻ると、男たちの姿はなかった。酔っている自分に呆れて、放って帰られたのだろうか。店員に聞くと、お代は男たちが払っていったとのことだった。さすがにこんな泥酔して、トイレで吐きまくるような女は手に余ったのだろう。ナンパされて置いて帰られるなんて最悪だ。

口の中が胃液で酸っぱくて、気持ちが悪い。汚いし、最低だ。化粧もほとんどとれているのがわかる。髪の毛もボサボサで、女としてみっともなさすぎる。もう二十代半ばで、学生でもないのに。早く家に帰ってシャワーを浴びたいと、時子が店を出ると、急ぎ勘定を済ませた浩史がついてきた。

「桐戸さん、足がふらついてて危ないやん。帰れるの」

「らいじょうぶ」

舌がまわってない。足がふらついて、その場に倒れ込んだ。

「ほら、危ないって」

浩史が手を差し伸べてくれたので、迷うことなくその腕をつかんだ。歩けないので、浩史と腕を組む形になる。本屋の客で、名前さえ、さっき知ったばかりの男に、何をしているのだろうかとよぎるけど、もうそれどころじゃない。

「送っていく。家どこや」

「らいじょうぶ、です」

「大丈夫なわけないやろ。歩けもしいへんのに」

浩史は左手をあげてタクシーを止める。

「女の子をひとりで放っておくわけにはいかへん」

女の子と呼ばれると、不思議な気分だった。優しくされているのだと思うと、ふと泣きそうになった。自分は寂しくてたまらないのだと気づいた。だからこんなに沁みるのだと。

浩史に促され、時子はタクシーの運転手に自分の住所を告げる。よく覚えてはいないけど、あの日は部屋の玄関まで送られて、ポカリスエットを買ってきてくれて、浩史はそのまま帰り、時子は目覚めると気持ち悪さと自分のみっともなさに落ち込んだ。

翌々日、出勤して本を並べていると浩史に声をかけられた。

「大丈夫やった？　心配になって、つい見に来てしまった」

「……本当にご迷惑をおかけして申し訳ありません」

そう言って、深々と頭を下げた。ハンカチを借りているし、何か御礼がしたいと告げると、

「今晩、妻と子は実家帰って、ひとり飯なんやけど、つきあってくれへん？」と言われ、断れるはずがなかった。

普段、客と飲みに行くなんてありえないけれど、仕方がない。そうしてふたりで焼き鳥屋の個室で飲み、酒に酔って荒れた理由は、結婚するつもりだった恋人の不在だったという話までついしてしまう。

「結婚したって、寂しいものは寂しい」

そう言われても、ピンと来なかった。

「でも、結婚したかったんです。それしかないと思ってた。そんな私の気持ちが彼は重かったのもわかるんです。だから捨てられた」

「本当に好きやったから、傷ついてるんやな。君は悪くないよ、彼は若くて、いっぱいいっぱいで、受けとめられへん。それだけの話や」

五つ上の浩史は、親切で、紳士的で、きちんと時子の話を聞いてくれた。

初めてこうして向かい合って、いい男だと時子は見惚れそうになる。彼に誘われたことが何かの間違いのような気がしていた。自分のような、特に美人でも才能があるわけでもない、普通の、冴えない女が一緒にいることが、恥ずかしくなる。背が高く、スーツの似合う、精《せい》悍《かん》な顔立ちの浩史はずいぶん大人に見えた。結婚して家庭があるということも、地に足がついている男だという魅力のひとつに思えた。

関係を持ったのは、三度目に一緒にホテルのフレンチを食べに行ったあとだ。それまで安い居酒屋しか行ったことがなかったので、高級な食事も、そうして自分にお金を使ってくれるのも嬉しかった。ひとり暮らしで給料だって高くない、かつかつの生活だ。たまにはこうして余裕のある時間を持てるのもいいものだ。

浩史は頼りがいがある話しやすい相手になり、惹かれていくのは自覚していた。だからフレンチを食べに行ったあと、「泊まる?」とまるで、次の店に誘うように軽く声をかけられ、躊躇わず頷いた。

奥さんのいる人だからという罪悪感は、不思議になかった。何も考えず、流されていた。溺れそうになっていたから、手元にあったものをつかんで縋っただけだったのだろう。それが人のものだと考えるより先に。

悠斗以外と経験がなかったので、浩史との初めてのセックスは緊張したけれど、「何も考えず、身を任せてくれたらいいから」と言われて気持ちが楽になった。久しぶりの人の肌が暖かくて、気持ちよくて、嬉しかった。

誰かにこうして抱きしめて求められたかったのだ。寂しくてたまらないときには、それ以外の薬はない。静かに、浩史は時子の心と身体に重なり合っていった。お酒よりも、友達の慰めよりも、欲しいものは、これだった。

「太秦《うずまさ》映画村すぐ」という看板を見つけ、地図を見て確認する。太秦という場所は、東映や松竹の撮影所があるので知られているが、広隆寺という聖徳太子から賜った国宝第一号の弥勒菩薩を祀った寺がある。一度だけ、誰かと行ったことがある気がするが、思い出せない。広隆寺を開いた秦《はた》氏は、もとは平安京以前に京都で権勢を振るっていた豪族だという話は、どこかで読んで知っていた。

そういえば、と、時子は思い出す。若手俳優のエッセイ集が発売になり、彼が書店でサイン会を開くことになり、宣伝映像を撮るためにと、出版社の人と一緒に、彼が撮影をしている松竹の撮影所に行った。そのときに、出版社の人が「この辺、広隆寺あるでしょ。行きたいな」と言ったので同行したのだ。

太秦といえば、開放されて映画村となっている東映の撮影所が有名だが、松竹の撮影所もある。昔は大映という会社もあり、黒澤明がベネチア映画祭で金獅子賞をとった「羅生門」もそこで撮影された。

大映という会社はもうないけれど、商店街が「大映通り商店街」という名前で残っている。松竹の撮影所——変わった名前の駅の近くだったけど、この近くのはずだ——時子はスマホを取り出し検索する。「帷子ノ辻」——かたびらのつじ——そうだ、何で忘れていたのだろう。こんな印象深い地名なのに。

足を速め、帷子ノ辻駅に辿り着いた。松竹の撮影所は近くだが、部外者は入れない。ここにいい感じの喫茶店があったはずだと、「Smart COFFEE」と書かれた店に入り、奥の席に座り、珈琲を注文する。

浩史は悠斗や他の友達とは行ったことのないようなお店に連れて行ってくれた。ホテルの最上階のレストランやバー、外れにある料亭の個室や、琵琶湖沿いの高層ホテルも、浩史とのデートで初めて足を踏み入れた。

ホテルは二度目からはラブホテルになったし、半年もたてば時子の家に来るようになって、時間がないからとセックスだけのときもあったけれど、最初の頃はどこか得意げになっていた。かっこよくてお金も持っている大人の恋人との秘密の恋に酔っていた。人には言えない、自慢できない、ひけらかせない関係ではあるけれど、好きになっていた。

時子は悠斗以外に男を知らなかったので、「若い頃はいろいろ遊んでいた」らしい浩史とのセックスで、今まで味わったことのない気持ちよさも教わった。

けれど浩史は絶対に一緒に泊まってはくれない。遠回しに旅行に誘ったけれど、断られた。普段、家庭の話はあまりしないけれど、つきあいが深くなるほど、妻の存在は重くなっていった。当たり前だし、最初からわかっていたことだとはいえ、部屋から見送るその瞬間、胸が痛んだ。

「奥さんは、どんな人で、どこで知り合ったんですか?」

まだ関係を持つ前、飲みに行った際に、そう聞いたことがある。

「普通の人。同い年で、大学の同級生。つきあったのは卒業してゼミの同窓会で再会してからやけど……。今はデザインの事務所を自分でやってる」

妻が働いているから、少し余裕が持てるんだよと、ちらっとその際に浩史がこぼした。つまり、こうして自分と会うときに、時子からすれば豪華な食事ができるのも、ラブホテルのお金やタクシー代も全て出してくれるのも、妻のおかげなのだ。

時子はどうしても浩史の妻の顔を見たくなった。住所は浩史がシャワーを浴びているときに手帳の最後のページに書いてあったのをメモしていたから知っていた。

奥さんと別れて私と結婚して――そんなことは望まないつもりでいたけれど、でも、いつも置いてけぼりで寂しかった。世の中に不倫をしている人たちはたくさんいる。職場の中だってている。でも、誰にでもできることじゃない。遊びだから、愛人だからなんて、割り切れない。自由にもっと会いたい、誰に気兼ねすることなく。友人や親に嘘を吐くのも、しんどい。「彼氏はいないの?」と聞かれ、「いない」と答えると、「紹介しようか」などと親切心で言われるのだが、いつも苦笑いしてはぐらかす。

浩史を好きでいる限り、これから先、ずっと周りに嘘を吐いていかなければいけないのだろうか。

仕事が休みの日に、時子は京福電鉄の有栖川駅に初めて降り立った。目当てのマンションはすぐにわかった。新築の白いマンション。オートロックではないので、ポストを確認すると「西本」の文字で、ここが彼の家だと確認した。ポストを眺めていて、気がついた。一階に「西本由香里デザイン事務所」とある。近くでデザイン事務所を——と浩史が言っていた。もしかして、近くというのは、同じマンションのことではないだろうか。

時子は近くの電話ボックスに走り、電話帳を開く。「西本由香里デザイン事務所」の電話番号が載っていた。テレホンカードを財布から取り出し、公衆電話に入れ、ボタンを押す。

「——はい、西本デザイン事務所でございます」高く透き通った女の声がした。

「あの、私、仕事をお願いしたくて近くまで来てるんですが、場所がわからなくて」

「え？　アポイントはとられてますか？」

「いえ、今、電話帳の広告で見つけて」

「——でしたら、お迎えにあがりますわ。どちらまで来られてるんですか」

「三条通沿いにいます」

それだけ言って、時子は電話を切った。実際に会って話す勇気はない。電話ボックスを出ると、マンションから出てきた女の姿があった。白いノースリーブのワンピース、ほっそりした身体。長くてゆるやかなウエーブの髪、遠目から見てもわかる、かなりの美人だ。浩史とお似合いの、美しい人。女はきょろきょろと見渡すと、それらしき人がいないのに気がついたかマンションの中に戻る。

あれが浩史の妻だろうか——普通の女だって言っていたけれど、ずいぶんと綺麗な人だ。

独立して仕事を持ち、美しい妻——そりゃあ男がたやすく手放すはずない。

あんな美人の妻がいるのに、どうして私みたいな普通の女と浮気をするのだろう。

浩史の妻らしき女の顔を見てから、どんなときでも彼女の顔がちらつくようになった。書店に来た客に似た女がいるとじっと目で追ってしまう。そして浩史とセックスするときも、妻の顔が思い浮かぶ。どうしてあなたはあんな綺麗な奥さんがいるのに——と、問いかけたくなる。だからセックスが全く楽しくなくなってしまった。

「気づかれてないの？」

一度だけ、そう聞いたことはあった。

「妻のこと？　気づいてへんと思う。あの人は子どもと仕事に一生懸命で俺に関心なんてないから」

自嘲するでもなく、浩史はそう答えた。

「デザイン事務所だっけ」

「うん。同じマンションにもうひとつ部屋借りて、そこでやってるから彼女の自宅みたいなもの」

その答えで、やはりあの美しい女が浩史の妻なのだと確信を持った。

ちょうど、その頃だ。エッセイ集を出したタレントのPR映像撮影の手伝いで、松竹の撮影所に行って、撮影終わりに喫茶店に入った。

「帷子ノ辻って駅の名前、すごいですね。さすが京都って感じがする。帷子って、経帷子《きょうかたびら》、死者が身に纏うものでしょ」

その際に、東京から来た出版社の営業さんがそう言うと、カメラマンが答えた。

「京都って、死に纏わる地名が、そのまんま残っていますね。東京だと変わったりするのに。僕は学生時代から京都で、ばあさんから教えてもらったんですが、帷子ノ辻という名前は――」

そこで聞いたのが、嵯峨天皇の皇后、橘嘉智子《たちばなのかちこ》こと檀林皇后の話で、今でも強く印象に残っている。檀林皇后は絶世の美女で、自分の美貌が人を惑わすことを気に病んでいたという。仏教に帰依し、諸行無常――この世のあらゆるものは移り変わって、永遠のものは存在しないというのを身をもって証明しようと、自分の亡骸を埋葬せず、路傍に放置し、獣や鳥に喰われ腐っていく様を見せつけた。その場所が、今、嵐電の駅名にもなっている「帷子ノ辻」だという話だ。

聞いたときは、理解できず、ただその腐る死体を連想して、暗い気分にしかならなかった。

「まあ、確かにどんな美人でも年取るもんな」

「でも、さっき撮影所にいた女優の○○、あの人もう五十過ぎてるでしょ。綺麗ですね」

「あれは整形しまくってるんだよ。目の辺りの引っ張り方がよく見ると不自然だろ。何もせずに綺麗なまんまなんてありえないって。だからな、どんな美人と結婚しても絶対にババアになるんだから、女を顔で選ぶなよ。これ経験上のアドバイスな」

出版社の営業マンがそう言うと、皆は笑ったが時子は笑えなかった。男だって同様に老けるのに、女の容姿だけがこうして話のネタにされてしまう。

でも、そういう自分も容姿にとらわれているではないか。不倫相手の妻が想像以上に美しかったことで衝撃を受けて、自信喪失している。

檀林皇后——絶世の美女だが、その美の儚《はかな》さを知って、自分の死体が朽ちるのを見せつけようとした女——。いつか失われる美に、どうして男も女も振り回されてしまうのか。

心の中に言いたいことをたくさん抱えながらも、浩史とのつきあいは続いていた。私が何も言わないから、彼は私の部屋に来てくれるのだ——二十六歳になった時子には、それがわかっていた。

「私なんか、美人じゃないし、才能があるわけでもないし、お金もないし、つまんないし」

そう言って甘えてみたこともある。

「でも一緒にいると、ホッとする。何もしてあげられず申し訳ないけど。それに、可愛いし」

「可愛い？」

「可愛いやん。だから好き」

浩史は抱きしめてくれたけれど、時子の中にはわだかまりが残る。美人じゃない女のことを褒めるときに「可愛い」という言葉が使われることぐらい、知っている。自分だって、そういう使い方をするもの。

いつも浩史の妻と自分を比べてしまう。勝っているものがあるとしたら若さぐらいだ。でも、若いから勝っていると思う自分の愚かさも自覚している。若さこそが勝ちだなんて価値観を持っているのは、女を人として見ない男と同じだ。けれどそれに縋らずにはいられなかった。浩史の妻がもっと年を取れば、あの美しさは失われるはずだ――そう思っていた。自分だって年を取るくせに。

二十六歳の誕生日を越え、正月に実家に戻ると、伯父が「時子ちゃん、結婚まだ？」と聞いてくる。いつものように「いい人いないんですよ」と答えると、「仕事も正社員じゃないんだろ。見合い紹介するから、こっちに戻ってこいよ」と返され閉口した。両親はそこまで言わないけれど、いろいろ心配しているのは知っている。兄が昨年結婚し、時子よりふたつ年下の従姉妹も結婚したのもあり、自分が集中攻撃されているのだ。

この頃は、友人の結婚ラッシュでもあった。どうしてこういう冠婚葬祭って重なるのだろう。出費も増えるし、正直、素直に祝福できない。職場の同僚が、大学時代の同級生と結婚するからと、お互いの母校の同志社大学のチャペルで結婚式をした。出席して、素敵だなと羨ましくなったあと、自分はこんなふうに堂々と一緒になれないのだと思うと悲しくなり泣いてしまい、周りは感激の涙だと勘違いしていた。

友人たちの集まりで「時子はどうなの？」と聞かれて、悠斗と別れたことを言うと同情の目つきで見られるし、でもだからといって、今の恋人の話もできない。

浩史のことは好きだ。大人で、優しくて——でも、先が見えない。

不倫をするのは才能がいるのだと、つくづく思う。自分みたいな度胸も覚悟ももてない、自立できない中途半端な人間は向いていないのだ。だからといって、別れを告げる勇気もない。ひとりになるのが寂しい。

昔と変わらないままの帷子ノ辻の喫茶店で、時子はスマートフォンでギャラリーの場所を確認する。昨夜、ゲストハウスで眠る前に、初めてこうして彼の名前を打ち込んだ。今までこんなことは、したことがなかった。Facebookで、名前が出て、クリックした。

西本浩史、京都市在住、京都市出身、離婚——「離婚」という単語が目に止まる。アイコンは帽子を深くかぶった写真だが、口元、顎のあたりに浩史の面影があるから、本人の可能性が高い。勤務先・フリーランスのカメラマンとあったのは、転職したのだろうか。Facebook の投稿を見る。「〇月〇日〜〇日　太秦のギャラリーで写真展します」というイベントの告知ページを見つけた。だから時子は、今日、ここにやってきたのだ。

インターネットって便利で怖ろしい。こんなに簡単に元の恋人の情報がわかるなんて。昔なら考えられない。友人で、それこそ不倫をしていたが、ついつい Facebook やインスタで、不倫相手の妻の投稿を見てしまうと言っている娘がいた。

「傷つくのわかってるのに、やめられないの。また家族で、どこに行った、何を食べたとかよく書きこんでるから、彼の行動も筒抜けなのよね。奥さんは彼を信じ切ってるみたいだから、無邪気にそういうことしてるんだろうけど」

友達はそう言ったが、時子は妻は彼女の存在に気づいていて、わざと家族の写真を投稿していると思った。夫に愛人がいるのを知っているからこそ、この男は私のものだと他の誰でもない彼女に見せつけているのだと。自分も、もしも浩史と不倫をしていた頃にSNSがあったら、きっと彼女と同じように妻のSNSをチェックして、苦しんでいるだろう。そう考えると、ゾッとした。

妻は無邪気を装っているだけで本当は気づいている――そう友達に伝えるか迷う。何もなかったかのような顔をして、腹の中は怒りに燃え、ある日、突然、刺しに来る——それが妻という存在だ。

時子が浩史と別れたのは、妻が時子の職場に来たからだ。浩史の妻の事務所に電話をかけて、顔を見て、それから三ヶ月経った頃だ。開店直後、書店でいつものように本を棚に並べる作業をしていて、エレベーターのほうをちらと見ると、視界に忘れもしない、あの美しい顔が入った。まとめて結い上げた髪の毛に、黄色いスーツ、小さな顔と大きな目の整った顔は、まるで芸能人のようで、こんなときなのに見惚れそうになる。

血の気が引いて指が震えたが、偶然だと自分に言い聞かせ、時子は仕事に戻る。女はレジに行き、レジの店員と話している。そちらを見ないようにしていたが、店員に「桐戸さん、お客さん」と、呼ばれ、時子は「はい」と声を出す。

女は本当は最初から時子に気づいていたに違いない。けれど、わざわざ職場に来て、時子にプレッシャーをかけるために、レジのほうに行ったのだ。女は口角をあげたにこやかな顔で、時子に近づいてくる。

「桐戸時子さんね。はじめまして、じゃないかな。電話でお話ししましたもんね」

女は笑みを崩さない。

「電話って……」

「あなたが一度、うちの事務所にかけてきたでしょ。私の顔を見たかったのかしら。そんなことせずとも、堂々といらしたらお茶でもごちそうするのに」

時子は返す言葉がない。

「私、忙しくて時間ないから簡潔に言いますね。うち子どもがいるから離婚はしないって決めてるの。片親にしたくないの。それに夫に不満はないもの。たまにこうして浮気はするけど、遊びに留めておいて、家族に迷惑かけるようなことはしないから」

「……なんの話かわかりません」

「あなたが変な電話かけてくるから、ピンときた。あのね、こういうの初めてじゃないの。夫は見栄えもいいし、人あたりもいいから、ずっと浮気を繰り返している。あのあとしばらく泳がせて、財布の中の領収書チェックしたり、夜が遅い日とかのスケジュールを夫の会社の同僚とかにそれとなく聞いてね、確信を持ったから、昨夜問い詰めたら、すべて話してくれた。彼が持ってたあなたの写真を見せてもらって、仕事先も教えてもらった。だからもう夫も納得してる。おしまいにしてね」

指先が冷たくなり、動けない。同僚たちがちらちらとこちらを見ているので平気な顔をしないといけないのに、顔が引きつっているのが自分でわかる。

「もし、何かあったら訴えますよ。私は妻で、あなたは既婚者と関係を持ったんだから、それができる立場なのを御理解ください。証拠だって揃えていますから、裁判で私が勝つ自信あります。あなたの親御さんだって悲しむでしょう」

きっと腹の中には怒りもあるはずなのに、女の表情はにこやかさを崩さない。女のいう通り、こういうことは何度もあって、馴れているのだろうか。整った自分の顔を保とうとするかのように、同じ笑みのままだ。

こんなときなのに、改めて美しい女だと思ってしまう。欠点を見つけてやりたいが、見あたらない。自分のほうが若いけれど、そんなものを凌駕するほど女には自信が満ち溢れていた。そうだ、自信なのだ、この女の美しさの根拠は。仕事を持ち独立し、子どもを産んで育て、家庭を営んできた、自分がこの世界にいることの自信だ。それは時子がずっと欲しくて、でも持てないものだった。

女が時子が絶対に履けないような細いヒールを鳴らして帰ったあと、必死で平静を装い仕事をした。家に戻っても、翌日も、浩史からの電話はなかった。せめてきちんと別れて欲しい――そうは思ったが、あの女の自信に満ち溢れた美しさには敵わないと、浩史の顔よりもあの女の顔が離れなかった。

時子は喫茶店を出て、ギャラリーに向かう。帷子ノ辻から大映通り商店街に入ってすぐのスーパー「フレスコにっさん太秦店」の前に、大魔神の像がある。太秦にこの大魔神が来たのは、二〇一三年で、倉庫に眠っていた映画に使われた像を修復して、太秦のシンボルとして飾られている。五メートルあるらしいが、想像していたのより大きかった。いい意味で張りぼてっぽくて、怒っているはずのその顔には愛嬌があった。

大映通り商店街は、大魔神だけではなく、まちかど映画博物館なども出来て、昔より活気があるように思えた。そういえば、この商店街の先にある東映太秦映画村には、結局一度も行ったことがない。

ギャラリーは民家の一階にあり、すぐ見つかった。大きなガラスの扉を開ける。六畳ぐらいの狭いスペースで、かつては白かったのであろうくすんだ灰色の壁に、額に入った写真がかけてある。

「いらっしゃいませ」

入口のところにあるパイプ椅子に座った男が、声をかけてきた。男と時子以外、ギャラリーには誰もいない。男の声で、一瞬にして記憶が蘇った。浩史の、低い、かすれ気味の声。けれどそこにいる男は――時子は目を疑う。

青いジャンパーを着て、背を丸めた男は明らかに不健康に痩せていた。長い白髪を後ろにくくっているが、頭のてっぺんは禿げていて、河童を連想した。顔の色はどこか内臓が悪いのかくすんでいて、痩せているのに腹が不自然に出ている。顔は髭で覆われていて——けれど、さきほどの声は、確かにかつての恋人だった。

まさか、この男が浩史なのだろうか——あまりにも違いすぎると凝視したい衝動にかられるのを抑えて、時子はギャラリーの写真を眺める。

一枚目の写真は、湖のようだ。どこかで見覚えがある。

「それね、広沢の池なんですよ。ここからだと少し北に行きます。嵯峨のほう」

パイプ椅子から立ち上がった男が、そう話しかける。

広沢の池——思い出した。確か、浩史とここに桜を見に行ったはずだ。

浩史と妻が住んでいた場所を通る、千代の古道の先にある嵯峨の池。

「広沢の池は、桜や楓が綺麗なんです。もともとは平安時代に作られた溜池だったと言われ、西行法師や松尾芭蕉が歌に詠み、月の美しい場所だったんです」

そう言われて、記憶が蘇る。夜に行ったこともあった、月が綺麗だからと誘われて、月を眺めながら「愛している」と言われて、その言葉に酔った夜があったことも思い出す。

隣の写真も、見覚えがある。さっき、訪ねた有栖川駅の付近で見かけた石碑だ。

「これは千代の古道の石碑。昔、この近くに住んでいたんです。これも平安時代の貴族が通った道で、この石碑は有栖川駅にあって……昔、住んでいた馴染みの場所です」

男が続けて説明をしてくれる。

「僕は生まれも育ちも京都の右京区でね、結婚して有栖川駅の近くに引っ越したけど、今は離婚して花園の実家にいます。親はふたりとも亡くなってるんで、ひとり暮らしですけど、脱サラして時間あるんで、写真をはじめました」

やはりこの男は、浩史だ。けれど時子に気づいている様子はない。思えば、二十年近く前、たった一年の付き合いに過ぎなかった。あの頃の浩史は人当たりも見栄えもよく、実のところよくモテていただろう。自分と知り合う前も、知り合ったあとも、妻がいながら短い恋愛を繰り返し、自分はあくまでその中のひとりに過ぎず、忘れられているのではないか。そして「離婚」という言葉が、引っかかる。

「どちらからいらしたんですか」

男が聞いてきた。

「京都……です」

北海道だと本当のことを言えなかった。

「この個展は、どうやって知られたんですか。いえ、僕が無名のせいなんですけど、さっぱり人が来なくて」

それもしょうがない。掲げてある写真は、どれも凡庸で、素人が撮ったものと変わらないと写真に関心がない自分でもわかる。いや、実際に素人だ。

「不景気でね、会社が倒産して、妻と子にも逃げられて……年齢的にも再就職は厳しくて、たまに警備員のバイトしながら写真撮ってます。そんなしがないジジイです」

自嘲のつもりなのだろうか。「ジジイ」なんて言葉は、あの頃の浩史なら絶対に口にしなかったはずだ。ワイシャツはいつも糊がついていてパリッとしていて、白かった。清潔感のある人だったのに。

風景写真ばかりだが、奥の壁に一枚だけ大きく飾られている写真は、女の顔だった。時子は足を止めて、その写真に見入る。

白いブラウスを着た、女の上半身だ。背景は、ごくごく普通の家庭の台所のようだ。女は微笑んでいた。若くないのは、目尻の皺などでわかる。よく見ると、白髪も混じっている。家で撮ったものなので、化粧も完璧にはしておらず、シミも見える。けれど女は美しかった。幸福そうに、笑っている。「美しい妻」という写真の題名が掲げてあった。

「――妻です。正確には、別れた妻。離婚する少し前に撮ったものです。まさかこのときは――」

別れるだなんて思ってもみなかったという言葉が繋げられるのは想像がつく。

「幸せそうなのに、どうして」

時子は問いかけずにはいられなかった。

「好きな男がいると、告げられました。僕自身は若い頃、散々遊んでいたくせに、まさか妻が他の男となんて思ってもみなくて、仰天しました。僕は別れたくなかったけれど、妻の意志は揺るがず、離婚しました。この写真が、最後に妻を撮ったものですけど、本当はこのとき、既に別の男に心を持っていかれていたのです。別れてから、何度もこの写真を見て、綺麗だと思いましたけど、僕ではない男に恋していたからなんでしょうね」

確かに浩史の妻は、美しかった。この写真は、時子が知る若い頃より、老いてはいるが、年齢を超えて凛とした強いものが漂ってくる。老いても、あの妻は衰えるどころか、女としてなお一層美しくなったのだ。そのことに圧倒されていた。

いつか太秦で知った檀林皇后の話が蘇る。永遠に変わるものなどないし、美は衰えるけれど——こうして人の記憶の中の美だけは永遠だ。

浩史にとって、別れた妻は、いつまでも美しいままでそこに存在する。

「——間違っていたら、ごめんなさい、もしかして」

妻の写真に見入っていた時子に、浩史が語りかける。やっと気づいたらしい。

「あの、昔、僕と……書店の」

どうやら時子の名前が出てこないようで、つい苦笑いしてしまった。

「時子です、書店員の。桐戸時子」

「やっぱりそうや。どこかで会ったことがある気がしたんや。うわっ、懐かしいなぁ」

昔の女だとわかった瞬間に、口調が変わっていた。妻の写真を前にさっきまで綺麗だとか想いを口にしていたくせに——不快な感情がこみあげてくる。

「偶然来たん？　まさか、どこかで僕がここにいるの知って来てくれてんやろ」

時子は返答に迷う。どこまで本当のことを言えばいいのか。浩史が昔と変わり果てた姿になり、妻と離婚していたとは思いもよらなかった。

「まだ京都にいるんや。懐かしいなぁ、あんまり変わらへんよね」

すぐに私のことわかんなかったくせに——名前だって思い出せなかったくせに——そう思うと、時子の中で、冷めた感情が湧いてくる。

「久しぶりやし、ご飯でもどう？」

浩史はさきほどまで妻への未練を語っていたのを忘れたのか、期待と喜びを籠めた目を時子に向けている。そんな態度をされるほどに、冷めていくのに。

姿かたちが変わったからではない。写真がどれも、つまらなかったこと、名前も忘れていたくせに、昔関係した女だと気づくと、急に馴れ馴れしく誘ってくること——もう十分だった。かつてあれだけ嫉妬して苦しんだものは、もう何も残っていない。いや、最初から存在しなかったのだ。それがわかっただけで、ここに来た意味はある。

「ごめんなさい。夫と子どもの晩御飯作んなきゃいけない」

時子は、嘘を吐いた。それが一番効果的だと思ったから、とっさに口にした嘘だ。

「あっ、そうなんや。じゃあ仕方ない」

さほど残念がった表情でもなく、浩史はそう言った。

男の歯がヤニで真っ黄色になっているのに気づいた。あの身なりのきちんとした、かつて好きだった男は、妻により作られたものだったのだと、初めてわかった。

そうは言っても、自分だとて、四十代のおばさんだ、人のことなんて言えない――確実に年月は経っている。再会した男たちは、鏡だ。恋の醜さ、残酷な時の流れを見せて、幻想を打ち破ってくれる。

時子はギャラリーを出て、振り返らずに元来た道に戻った。

大魔神の表情が、さっきとは違い、自分をあざ笑うかのように見えたのは、気のせいだ。

第三章　北の恋人

ホテルを出て、バスで時子は北に向かう。京都の真ん中の、北のほう。地下鉄でも行けるけれど、バスで景色をゆっくり見たかった。

昨夜は太秦のギャラリーからいったん京都駅に戻り、荷物をコインロッカーから出して駅近くのホテルに泊まった。今朝はゆっくり目に起きて、ランチのあと駅近くの西本願寺、龍谷ミュージアムを観覧し、バスに乗って北に向かう。

京都駅の前には大きな西本願寺、東本願寺という浄土真宗の寺があるが、拝観料もいらず、休憩所もあるので時間を潰すのにちょうどいい。龍谷ミュージアムは二〇一一年に出来た西本願寺ゆかりの仏教に特化した美術館で、やっと行けた。京都には大小さまざまな美術館、博物館があるが、住んでいるときは「いつでも行ける」と思って、なかなか足を踏み入れることがなかった。

市バスを降り、堀川通沿いの塀が途切れたところに時子は立つ。多分、ほとんどの人が、ここは何てことなく通り過ぎる。碑は立っているけれど、注意しないと見えない。塀が途切れた奥にすすむと、ふたつの墓が並んでいた。

小野篁《おののたかむら》の墓と、紫式部の墓。ふたりとも平安時代の人間ではあるが、生きていた時は違うし、親族でもないのに墓が並んでいる。小野篁は昼は嵯峨天皇に、夜は地獄の閻魔大王に仕えていたとされる平安時代の学者だ。紫式部はおのずと知れた源氏物語の作者で、藤原道長の娘の中宮彰子に仕えていた。

京都は街そのものが墓場のようだ——かつて一緒に暮らした男にそう言われたことを思い出す。

だから私は、墓参りに、京都に再び訪れたのだ。

ふたりの墓に手を合わせたあと、堀川通に戻り、北へ歩く。タクシーを使ってもいい距離だけど、歩いてみよう。

二十七歳から四十歳まで、京都での生活で一番長く、そして最後に住んでいた場所が、北山駅より少し北のマンションだった。西本浩史との不倫関係が終わったあと、どうして自分は幸せな関係を築けないのだろう、これではダメだと思い詰め、生活を変えようと引っ越しをした。自分を変えるには、環境を変えるのもひとつの方法だと思ったのだ。

それまで住んでいた伏見のワンルームマンションは、大学に入学してからずっと住んでいた部屋だった。少し広いところに住みたかったのもあるし、昔の男たちが通ってきていた場所から逃れたかった。ふたりの男たちは京都の男で、自宅に住み、そうなるとどうしても自分のひとり暮らしの部屋に入り浸ってしまう。そのくせ、帰っていく場所が他にあった。

自分ひとりの城を作りたかった。浩史との関係が終わったあとで、傷つきもしていたし、苦い思いもあった。不本意だし、きちんと別れを告げてもくれず逃げ回って妻の言いなりになった男を怨みもしたけれど、でも「不倫」という、誰にも言えない、秘密の多い、苦しいつきあいから解放されて、よかったと思うことにしていた。

結婚もしたかった。不倫により「妻」という立場の強さや安定を、思い知らされた。いや、それ以上に、不安定な恋愛よりも、一生一緒に穏やかな気持ちで過ごしていけるパートナーと出会いたい。今度つきあうなら、結婚できる人がいい。けれど、家と仕事の往復だけしていても、出会いなんてないから、今まで行かなかった飲み会などにも積極的に参加したし、合コンにも行った。嫌いじゃなければ男の人とふたりで飲みに行ったりもしたが、恋愛にまで発展することもなかった。

恋愛をしていないときのほうが、静かに、心がかき乱されることなく、生きていける。それに気づいたときには三十歳が見えてきて、もうこのままひとりでも悪くないかなと、考えていた。仕事して、たまに友達と遊んで、休日は本を読んだり映画を見に行ったりと、それなりに楽しく生きていた。

部屋は古いマンションだけどリフォームしてあるからきれいだし、二部屋に台所がついて、風呂とトイレもセパレートで、問題なかった。少し歩くと、京都府立植物園があり、いくらでも時間をすごせる。植物園の存在は知っていたけれど、北山に住むまで行ったことはなく、こんなに広いのかと驚いた。入場料も安く、温室などもある。

植物園の隣には陶板名画の庭もあり、ここもゆっくりと楽しめる。世界の名画を野外で、陶板で再現してあり、歩くと楽しい。

近くには深泥池《みぞろがいけ》もあった。タクシーに乗った幽霊の話など、さまざまな話があるのは住んでから同僚に聞いて知ったけれど、明るいうちは普通の静かな池で、怖くもなんともない。霊感なんてないし、幽霊を見たこともない。休みの散歩のコースとしては、いいところだった。

深泥池は、古代からの生物などがいて、学術的にも貴重な池だ。池の南側から眺める光景は、なだらかな山の景色と広い空で、心が落ち着く。季節により、池の付近に花が咲き、それもよかった。花の名前は、五月に咲く白いカキツバタぐらいしか知らなかったけど、花の移り変わりで季節の変わり目を知り、京都に住んでいる年月の長さを感じていた。

池の水は深い青や、場所によっては緑だったり、どちらにせよ、池の底が存在しないほど濃い色で、眺めているとときおり吸い込まれてしまいそうな気がした。

空が赤くなりかけた頃、時子は昔住んでいた街を歩いていた。十年以上、住んでいたのに、記憶がだいぶ曖昧になっている。しばらく歩いて、グリーンの壁の家を見つけた。この緑の壁の家は、住んでいるアーティストがこんな色にしたらしく、当時から目立っていた。屋根は真っ赤だ。古くはなっていたが、今でも目立つ建物だった。

確かこの緑の家の二軒隣のアパートだった――時子はまわりこむ。

かつて住んでいたアパートは、もうそこにはなかった。コインパーキングになり、車が二台停まっていた。

「あーあ……」

時子は声をもらす。古いアパートだから、取り壊されてもしょうがない。当時から、ちらっとそんな話は管理会社の人から聞いていた。大家さんがもう高齢で、子どもがいないし、親戚とも何らかの事情でつながりがなく、跡を継ぐ者がいない、と。大家さんはもう亡くなったのか、それとも手放したのかはわからないけれど、もうあのアパートが存在していないのは間違いない。

時子はしばらくそこにたたずんでいた。十三年間ここに住んで、そのうち九年間は、結婚するつもりだった男と暮らしていた場所。もう男なんかいらない、部屋には呼ばない、ひとりで生きていく――つもりだったのに。あの男はいきなり現れて、時子の心に入り込み、部屋にも上がり込んできた。

　生まれてはじめて、恋人と一緒に住み暮らした場所。

　その場所は、もう、ない。


　北村新《あらた》は時子より四つ下だった。今までの男と同じく、京都に生まれ育ったらしいが、親はいないし家もないと聞いていた。時子が働いていた本屋に、アルバイトとしてきていて、それで知り合ったが、年下で、恋愛対象ではないはずだった。それに新は、時子の好みでもなかった。華奢という言葉を使っていいほどに細身で、色白で、無口だ。挨拶はきちんとできるけれど、気が利くほうではない。そのせいか、バイトは三ヶ月で辞めていった。時子とも、仕事以外で話す機会はほとんどなかった。

　だから新のアルバイトの最終日、お疲れ様と挨拶したあと、帰宅しようとして、駅の改札で彼の姿を見つけたときは驚いた。

「誰か待ってるの？」

「桐戸さんを待ってました。飲みに誘おうと思って」

　そう言われて、「はぁ？」と間抜けな声を出してしまう。

「本当はずっと誘いたかったんやけど、毎日顔合わすから断られたら気まずいやん。俺も、嫌われてんのかなって傷つくし。でももうバイト最後やから、ここで待ってました」

時子が翌日非番なのも、シフト表で把握していたようだった。

意外なことで、どうしようかと迷っていると、「美味い店、知ってるんです。俺の妹がこの近くに住んでるんで、詳しいんですよ」と言われ、まあいいかと頷いた。

新が連れていってくれたのは、小さな四川中華料理の店だった。もともと辛いものは好きだったけれど、香辛料が効いていて美味しかった。

「北村くんて、どこ住んでるんだっけ」

「五条の友達のところに居候してます」

「居候って……もともとどこの人？」

「生まれは京都の鷹峯《たかがみね》のほうやけど、親いないんで転々として……大学の寮とか彼女の家とか妹のところとか、まあ、住所不定です。履歴書には妹の家の住所書いてますけど」

「住所不定って……北村くん、明日からどうするの？　バイト決まってるの？」

「短期のバイトですけど、倉庫で仕分けやります」

「就職する気はないの？」

余計なことかもしれないと思いながら、時子はそう問いかけた。

「俺……小説家になりたいんです」

「え」

「笑われるかもしれませんが……」

そう言うと新は照れ臭さいのか、ビールを飲み干した。

「笑わないけれど」

そんな夢を見ていていいのかと時子は一瞬思ったが、思えばこの目の前の男は、二十九歳の自分より四つ下の、まだ二十五歳なのだ。自分なんて二十代半ばは、結婚することだけを夢見て、フラれて、不倫して……と、全く馬鹿なことばかりやって生きてきたのだから、若い男の夢を笑ったり否定したりなんかできるわけがない。

「小説でも、いろんなジャンルがあるけど、どんなのを書いてるの」

「……純文学、です。でも、頭の中にはぼんやりと書きたいことがあっても、それを文章にする技術がついていけてないから、ちっとも前にすすめなくて。でも、三十歳までには小説家になるって決めてます。俺、どうしても文学がやりたいんです。後世に名前の残る小説家になりたい」

時子の職場の書店には、小説家がサイン本を作るためや、ごくたまにトークショーに訪れ、言葉を交わすこともある。意外に気さくな人が多かった。そして皆、見かけは普通の人たちだし、自分たちのような下っ端の書店員にも丁寧に接してくれる。

「夢があるっていいことなんじゃないかなぁ。私なんか、流されて生きてきたし、今だって、将来何したいとか考えてないもん」

　時子はそう言った。本音だった。恋人もいない、仕事も正社員ではなく不安定だ。やりたいことも何もない。美人でも才能があるわけでもない、本当に自分はつまらない人間だ。

「桐戸さん、彼氏と結婚とかはないんですか」

「いない。ここのところ、ずっといない」

「じゃあ、俺とつきあわへん？」

　そう言われて、一瞬、意味がわからず、言葉を失った。

「俺、桐戸さんのこと好きなんです。いきなり俺を好きになってくれなんて言わへんから、まずはお試し期間で友達になりましょう」

　つい反射的に頷いてしまう。好みの男じゃないはずなのに、勢いに気圧《けお》されてしまった。目の前の年下の男が自分に恋愛感情を抱いているなんて、それまで考えてもみなかったけど
「お試し期間で友達に」と言われると、断る理由もない。

「嬉しいな。まず、友達記念に乾杯しようや」

　そう言って、新はビールを追加で注文した。おとなしそうな見かけの年下の男が、意外にも強引で強気なので、時子は戸惑いながらも、好きだという言葉が嬉しかった。

その夜は飲んだあとすぐ別れたが、三日後にまた新に誘われ食事に行き、彼を部屋に泊めてしまった。新はそのまま時子の家に上がり込み、いつのまにか同棲していた。

よく知らないままつきあいはじめたけれど、新との生活は楽しかった。新は料理が好きで、早朝に倉庫のバイトに行き、時子が帰宅する頃には毎日夕ご飯を作ってくれる。家に帰って人がご飯を用意して待ってくれているというのが、心地よかった。

それに――新はとても丁寧に夜も時子を愛してくれた。

「好きな人とこういうことができて嬉しいなぁ」と、言葉を欠かさない。仕事で嫌なことがあっても、文句も言わず愚痴を聞いてくれる。毎日会えて、「彼氏ができた」と、周りにも言うことができる。西本浩史のときのように、隠さなくてもいいし、嫉妬もせずにすむ。

倉庫の仕分けのバイトは短期間の予定だったが、契約を更新してくれたらしく、ずっと続いている。煙草も吸わないし、お酒も外にいるときしか飲まない。倉庫のバイトはシフト制なので、休日も時子に合わせてくれて、ふたりで映画等を見に行くこともあれば、一日中家でごろごろしているときもあるが、それが楽しかった。

だから、新とは、あんなにも長く続いたのだ。

時子は、かつて自分たちが住んでいたアパートの跡地を立ち去ったあと、北山駅近くのカフェで休憩をし、これから訪ねる店の場所をスマホで確認する。ここから一駅、北大路駅の近くだから、歩いていける。クリスマスは終わったのにイルミネーションの光がまばゆい。北山通は教会もあるし、昔から華やかな場所だった。

バーらしいが、料理自慢の店主……と店のＨＰに書いてあるので、そこで食事をすればいいだろう。新も料理が好きで、実際に作ったものも美味しかった。エスニックや中華が得意なのは、一時期、留学生の多いアパートに住んで、そこは台所が共同なので、仲良くなって覚えたのだと聞いた。

新の母親は彼が小学校に入ったばかりの頃に亡くなり、父親は生活能力がなく、入退院を繰り返していたので、父の両親、つまり祖父母に妹と共に育てられたのだとは一緒に住みだしてから聞いた。

「両親はふたりともダメな人やったけど、祖父は不動産とか持ってたから、大学まで行かせてもらった。でも劣等感に雁字搦《がんじがら》めになって病んで学校行けなくなったんや。妹は早く自立したかったみたいで、高校出てから資格とったり頑張ってた。俺が大学入ってすぐに、祖父母は続けて病気で亡くなったんやけど、そのあと、嫌な目にあったなぁ。祖父の遺産は、生前から、俺や父親のところに行かへんようにって、叔父がいろいろ画策してた。それもあって、学費払えないから大学辞めた。妹がお金を出そうとしてくれたけど、そこまでの執着なかったし、小説家になりたいと思っていたから、学歴関係ねぇなって」

「……お父さんは」

「酒で身体壊して、ひとりで死んでた。三年前やな。父親も、親が死んで、援助なくなって生活に困ってたんやろ。それでも酒は止めらへんかった。妹は何とかしようとしてたみたいだけど、俺は父親嫌いやから、会いもしてへん」

母親は自殺だったとも、聞いた。父の暴力に耐えられなくなり、思い詰めて死んだのだと。

「でも、母親も母親で、病的な人やったよ。すぐ怒って怒鳴り散らす、俺も妹も何か理由つけてずっと怒られてた。父親やって最初から暴力的な人じゃなかったらしい。母みたいな人と結婚してしまったから、母の言葉の攻撃に耐えきれずに手を出すようになったんやないかなと俺は思ってる」

時子は黙って聞くしかできなかった。自分など、親はふたりともいい人だし、大学も出してもらった。親戚だってうるさくはあるけど、悪い人はいない。そういう環境を当たり前のように思って生きてきたのだ。

新のことは好きだし、ずっと一緒にいたいと思っていた。けれど、小説家になりたいと言いながら、具体的に何かを書いている様子もなく、その日ぐらしのアルバイトを続ける不安定さだけが不安要因だった。彼はまだ若いし、境遇を聞くと、どこか破滅的で繊細過ぎるところがあるかもと同情心もあった。年上の恋人である自分は理解者でいたかった。

「俺、怖いんだよな。親がふたりともあんなんやったから、自分はまともに働いたりできないと思うし、ろくでもない死に方しそうやもん」

ときおり、新はそう口にして、その度に時子は胸が締めつけられた。

「でも妹さんは、ちゃんと仕事してるんでしょ」

「妹は俺と違って、現実的で、働きもので、本当にすごい。調理師の免許とったから、お金をためて自分のお店を持ちたいって。俺は妹には頭が上がらへん。困ったときに助けてくれるのはいつも妹」

あの頃、時子がただひとり嫉妬する相手がいるとしたら——新の妹だった。妹の話をするときだけ、新は嬉しそうな表情になる。毎日のように、妹の話をしてきた。だけど、「妹さんと会いたいな」と言うと、何故か話をそらされた。

「妹だけや、俺の気持ちをわかってくれるのは。ずっと寂しさとか、つらいことを共有してきた特別な関係や」

そんなふうに言われると、じゃあ私はなんなのと、自分が他人であることをつきつけられる。兄妹だから、家族だから、他人にはわからない結びつきがあると、理解しないといけないと思っていたし、理解しているつもりだった。

北山駅近くのアパートは繁華街から離れているけれど、交通の便もよく、住みやすかった。ひとりのときは休日も家に引きこもってしまいがちだけど、ふたりだと近場をあちこち歩いたり、自転車で走った。夜は深泥池のまわりを手をつないで歩いたりもした。お金がないから散歩がデートなのだ。深泥池の夜は、ひとりだと怖いけれど、ふたりだとそうでもない。新が、「俺、こういう暗いところ好きなんだよな」と、そこを好んだ。

自転車でよく行った上賀茂のＭＫボウルも思い出の場所だ。ボウリングもできるし、ここのバイキングは当時五百円で、新のお気に入りだった。友人にいうと「五百円のバイキング？　もっといいお店連れていってもらいなさいよ」なんて言われたし、不倫相手だった西本浩史とのデートとはえらい違いだと思ったけれど、学生のようなデートが気張らずに楽しかった。

新は、京都のことをよく知っていた。「小説家になるから、知っておきたい」のだと、本をよく読んで学ぼうとしていた。自宅から少し西にいった辺りは蓮台野《れんだいの》という、昔は死者を葬る場所だなんて話を聞いたのも新からだ。

「京都には化野《あだしの》、鳥辺野《とりべの》、蓮台野という死者を葬る場所があって、三無常の地と呼ばれてる。東山区の鳥辺野には六道の辻という、あの世とこの世の境目がある。でももともと京都ってあの世とこの世の境目が曖昧な場所だと思うんだよ。現代でも怨霊を封じ込めた神社があちこちにあり、祇園祭のような怨霊鎮めの祭も、当たり前のように存在し続けている。どこかでつながっているような気がする。死者と生者の境目も曖昧や。そう思うことで、死の恐怖から逃れようとしているのかもしれないけれど。俺が深泥池を好きなのも、あそこは歴史が古くて、いろいろ見えない何かがいるような気がして……だから京都は、俺みたいな半分死んでいるような、生きてるのが許されないような人間でも住めるんやと思う。京都は街そのものがお墓みたいだ——死の匂いが強い」

新は、そうやって死の匂いがするものを好むくせに死を恐れていた。いや、誰だって怖がってはいるけれど、母を自殺により失い、父も酒で亡くしている新は、「自分だってロクな死に方しない気がする。だってあの人たちの子どもやもん」と、何かあるごとに口にしていた。

その度に、時子は不安にかられてしょうがなかった。自分は恋人という存在であるのに、彼に「生」の力を与えてあげられないのか——。新を死の恐怖から逃れさせるためにも、結婚して子どもを作りたいと願っていた。けれど、それを匂わせても、「俺みたいなやつの子どもなんて、生まれてくることが可哀想だ」と、そらされてしまう。

ふたりで地獄の閻魔法王像や紫式部の供養塔がある千本ゑんま堂や、桓武天皇が国見をしたといわれ、織田信長を祀る建勲神社のある船岡山、疫病鎮めのやすらい祭が行われ、あぶり餅という平安時代からのお菓子の店が参道にあり、今は玉の輿祈願で知られる今宮神社にも行った。堀川通沿いにある紫式部と小野篁の墓は、新に教えてもらわなければ気づきもしなかっただろう。あの世とこの世を行き来する小野篁、その能力は、彼が実の妹と恋仲になり、妹を失い、彼女に会いに行くために身についたものだという説があると聞いたときは、悲しい能力なのだと思った。

時子が三十半ばになると、周りから「なんで結婚しないの？」と聞かれることも増えた。新は、相変わらず「小説家を目指す」と言い、本を読み、評論家のように厳しい批評を語りはするし、たまにパソコンに向かってはいるけれど、小説を完成させ新人賞に応募したという話は聞かない。

新のことは好きだったけれど、三十六歳の誕生日を迎えた頃、時子は自分の中で「このままでいいのだろうか」という不安が大きくなるのを見て見ぬふりができなくなってきた。

「私、来週、誕生日なの」

そう言うと、新は「おめでとう。なんか美味しいもの作るよ」と返す。

「幾つになるか知ってる？」

「三十……六歳だっけ。大丈夫、時子、まだまだ若く見えるから」

そういう問題じゃないという言葉をぐっとこらえた。新は三十歳を過ぎても安定した仕事に就く様子はなく、最近は夜に知人の飲み屋でバイトをしている。夜に働いているせいで、以前のように一緒に夕ご飯を食べる機会も減ったし、時間がすれ違ってしまう。

友達は、三十歳を過ぎた頃から、どんどんと競うように結婚していった。早くから結婚していた友達も、本気で子どもを作ろうと不妊治療をはじめた話も聞く。取り残された気がするのは、新の気持ちがわからないからだ。「好きだよ」とは言ってくれるけれど、自分が欲しいのは、「好き」の先にあるものなのに。


空が赤から闇に近づき、時子はスマホの地図を頼りに、店を探した。今回の旅の一番の目的は、この店に来ることだった。

北大路通から、南に入り、細い路地に入る。「MIYAKO」と書かれている小さな看板は、すぐに目に留まった。MIYAKO——彼女の名前が、京《みやこ》だった。何度も恋人の口から聞いた名前だ。古い一軒家の一階が店になっている。扉の取っ手は、蓮の花の形だった。「OPEN」と書いてある札を確かめ、時子は中に入る。

「いらっしゃいませ」

か細く、愛らしい声がした。入口向かって右手はカウンターで、左手には四人掛けのテーブル席がふたつ、二人掛けの席がふたつ奥にある。照明はブルーで、まだオープンしたてなのだろう、店には他に客はいない。

「どこでもお好きな席にどうぞ」

そう声をかけられ、時子はカウンターの席に腰かけた。女は、透けるような白い肌、白くて照明に映える長袖のTシャツのたくし上げた袖口からは華奢な腕が見える。化粧気はなくとも肌の美しさがわかる。目鼻立ちは小作りで、長い髪の毛をうしろにひとつでくくっていた。細面の輪郭に、恋人の面影を見つけた。

「シャンパン下さい」

時子が注文する。女はすぐに時子の前に置いたグラスにシャンパンを注ぐ。泡が消える様を時子は眺める。

「おすすめの……聖護院蕪《しょうごいんかぶら》の肉詰め、東寺のゆばあんかけをください」

返事と共に、女が出した突き出しの九条ネギと貝柱の白味噌和えを箸でつまみ、口に入れる。味噌が甘くて香りがいい。

「美味しいです」

時子がそう口にすると、女が「嬉しいわ、おおきに」と言った。女の声は、京都のイントネーションだ。時子が焦がれて、なれなかった、京都の女。

新が料理が上手なのは、親がいないこともあるけれど、妹の影響もあるのだと聞いていた。妹は料理屋に勤め、調理師の資格をとり、店を開いた。自分と一緒に暮らしはじめてからも、何度か新は妹の家に行っていた。

　新とは、三十八歳のときに、別れた。いつまでも安定した職業に就こうとせず、小説家になりたいと言いながら具体的な行動をする様子もなく、新との未来が見えない時子のほうから別れを告げた。悩み抜いた末のことだった。

「私、結婚して、子どもも産みたい。それができないなら、一緒にいられない」

　そう告げると、新は、うつむいたままで、

「俺は時子のこと好きで、一緒にいたいけど、それだけじゃダメなんやろうな。俺、自分のこと嫌いやから、自分の子どもを作るの怖い。わかってもらえへんやろうけど」

と、ぽつりと言うだけだった。

　本当は、「それなら就職するから結婚しよう」と言って欲しかった。つまりは自分はそこまでの相手ではないのだと思い知らされ、別れを言い出したのは時子のほうなのに傷ついた。新は翌日には荷物をまとめて出ていった。「妹のところにしばらく世話になる」と告げられた。引き留めるべきかどうか迷っていたけれど、新が抗うことなく荷物をまとめる姿を見ていると、何も言えなかった。

　久しぶりにひとりになった部屋は広く、寂しかった。それでもその後、二年は暮らした。次々と結婚していった友達の中には、離婚した子も何人もいるし、子育てが大変で仕事を辞めた子もいる。独身でも、仕事や趣味を充実させて楽しそうにしている人もいる。冷静に周りを見渡せば、結婚が必ずしも幸せにつながるものではないのがようやくわかってきた。

結局のところ、自分に自信がないから、好きな男をつなぎとめるために結婚を手段にしようとしていたのだ。そんなふうに、自信の無さを埋めるために誰かを利用していたなんて、あまりにも自分勝手で、恋愛が上手くいかないのなんて当たり前だ。そう思えるようになってからは、結婚したいという気持ちも薄れていった。

新と別れたあと、仕事場ではベテランの域に入り、自分で判断できることも増えた。出版不況は年々きつくなり、書店で何か企画をしたりしてお客さんを呼び込もうという試みをする店もあちこちにある。

時子が考えたのは、京都を舞台にした小説を取り上げ、小説に登場する場所を地図にして、周辺のお店なども紹介するフリーペーパーを作ることだ。

ひとりになって、本を読む時間が増えた。若い頃のように外に遊びに行くよりも、家にいるほうが好きになり、そうなると本を読むのが一番の娯楽だ。企画が通り、試しに作ってみてよと言われて、パソコンを駆使して作ってみた。同じ店に絵を描くのが好きなバイトの娘がいて、彼女に手伝ってもらってイラストも入れてみたら、なかなかの出来だった。

「これ、面白いな。とりあえずうちの店に置いてみよう」

店長にそう言ってもらって、嬉しかった。そのフリーペーパーで、平安時代から現代のものまで幅広くとりあげて、レジの隣の棚に紹介されている本と共に置いた。思いがけず、好評で、地元の新聞にも取り上げられて、時子が取材を受けた。

そうなると、楽しくなり、第二弾の製作もはじめた。何より、お客様に「いい本を紹介してくれてありがとうございます。本て、たくさんあるから選ぶのが大変でね」と声をかけられるのが嬉しかった。

出版不況だからこそ、やれることはやりたいという気持ちで、同僚たちも協力してくれた。第二弾は、アルバイトや同僚たちもいろいろ案を出してくれて盛り上がった。そんなこんなで、仕事が楽しくなっていたのだ。

ひとりでも私は楽しく生きていける——はずだったし、ちょうどその頃、正社員雇用の話も来ていたのに。四十歳になる目前のある夜に、下腹部の痛みに耐えきれず病院に駆け込んだ。それまで生理痛がひどくなることはあったけれど、放置していたのがよくなかったらしい。手術が終わり、ひとりの病室にいると心細くてたまらなくなった。北海道から駆け付けた母親に、「お母さん、私、帰りたい」と、口にしてしまった。

そんなことを考えたこともなかったはずなのに——楽しく、強く、ひとりで生きていこうと決めたのに、知らず知らずのうちに心も体も寂しさに耐えきれず悲鳴をあげていたのだ。

手術で子宮を取った。残すこともできると言われたけれど、もう、恋愛や出産や結婚もないだろうと、自分が取ることを選択した。後悔はなかった。

「平日はお客さんも少なくてね、ゆっくりしていってください」

カウンターの中の店主が、サービスですと言って、小さな皿を時子の目の前に置いた。

「ありがとうございます」

「遠いところから、来てくれはったんやもん」

その言葉に時子が顔をあげると、店主と目が合う。

「大事な兄の、恋人やった人です」

「どうして」

「何度も写真を見せられましたもん。忘れられへん」

新の妹――京が、そう言った。

「……お葬式には行けなくて、ごめんなさい」

「お葬式なんて大層なことしてないです。知り合いが何人か集まって飲んだぐらい。私もお知らせしてへん、気にせんといてください」

時子は京の顔を見つめる。やはりよく似ている。輪郭だけではなく、目や、色の白いところも。

新が亡くなったのを知ったのは、京都を離れる少し前だった。書店の同僚に誘われて、ミニコミ誌の販売会に行った。そのとき手に取ったミニコミ誌に「追悼・北村新」の文字を見つけた。急いで購入し、同僚には「気分が悪くなった」と謝って、家に戻った。家でひとりになるまで開く勇気がなかった。

新の昔の友人たちが、「小説家になれなかったけれど、誰よりも小説的な生き方をした男、北村新の死を悼む」と、様々なメッセージを寄せていた。そこで時子は、新が酒と睡眠薬の事故で亡くなっていたのを知った。自殺ではなく事故死と処理されたらしいが、「一緒に暮らしていた年上の恋人と別れ、酒量が増えバイトにも行かなくなり、妹の支援を受けて暮らしていたが、誰が見ても死に向かっていたから、これは自殺のようなものだ」と書かれていて、手が震えた。

私のせいなのか――湧き上がった感情は悲しみよりも、恐怖だった。そんな自分を冷たいと思いもしたが、いずれにせよ、平気ではいられなかった。その日から、罪悪感のせいか、夜になると新の顔が浮かび眠れなくなった。

しばらく眠れないせいもあったのかときおり訪れる下腹部の痛みが、いつもよりひどく、時子は病院に運び込まれ手術をして子宮を摘出した。痛みも、苦しみも、新の亡霊に苦しめられている気がしていた。ばちが当たったのだ。自分のことだけ考えて、新を捨てた罰だと。

――俺、自分のこと嫌いだから、自分の子どもを作るの怖いんだよ――病院に運び込まれる間、ずっと新の言葉が鳴り響いていた。新を捨てたから、私は自分の子どもが産めないという罰を受けたのか――。

だから子宮を取る決心をした。子どもなんて望んじゃいけない、新に申し訳ない。手術が終わっても、見えもせず感じもしない新の亡霊が怖かった。恨まれているし、憎まれている――ごめんなさいと謝りたくても、もうこの世に彼はいない。

新と一緒に暮らした部屋にいるのが、耐えられなかった。彼と過ごした京都の街に住むことも。だから三年前、北海道に帰った。京都にいる限り、新がそばにいて、恨みがましい目で自分を見ている気がした。

北海道で友彦と再会し、恋をし、結婚を決めて――結婚を申し込まれたとき、子どもの産めない身体であることは一番に告げた。「俺も年だし、かまわないよ」と答えられて、ホッとした。友彦は前の妻との間に子どももいる。けれど、どうしても、新のことだけは言えなかった。ひどい女だと嫌われるのが怖かった。自分のせいだという想いがぬぐえなくて、結婚が決まってからまた苦しみが蘇ってきた。幸せになってはいけない気がした。

だから再び京都に来たのだ。少しでも楽になりたくて――小野篁と紫式部の墓に行ったのは、あの世とこの世を行き来する小野篁に、新を重ねていたからだ。愛欲を描いた罪で地獄に落とされた紫式部を小野篁が救ったから、ふたりの墓は並んでいるという説があるが、それなら自分だとて救われたい。

京都に来るのならと、他の昔の恋人に会いに行ったのは、彼らが生きているかどうか確かめたかったからだ。新のようになってほしくなかった。みんな幸せでいてなんてきれいごとは言えないけれど、生きているだけで安心したかった。

「今さら、ですけれど、お墓に手を合わせたくて」

時子はそうつぶやいたが、京の目を見られない。

「お墓は……京都にはありません。うちの父の実家が札幌で、そちらなんです」

驚いた。まさか自分が今住んでいる場所に、新の墓があるとは――。新の骨は自分と同じようなタイミングで、札幌に帰っていたのか――。

「兄の死は自業自得です。父親と同じで、プライドと自我の強さに心の弱さが押しつぶされてしまったんです。本人は小説家になれない苦しみで酒を飲むんだなんて言ってましたけど、最初から才能もなければ努力する気もない、でもそれを認めるのが怖い人でした。優しい兄やったけど、弱くて、どうしようもない……」

京は「これサービスです。私がつけた梅酒です」と、時子の前に小さなグラスを出してくれ、言葉を続ける。

「時子さんと一緒にいると楽しいと、よく私に話してくれていました。何もしなくても幸せなんやって。でも、それだけ甘えていたんです。妹としては、残念やったなと思うけど、女としては別れて正解やったと思います」

京の言葉に、時子はどう返せばいいか、わからない。

「一度お会いしたかったので、訪ねて来られて嬉しいです」

「……私も会いたかったのに、何故か会わせてくれなかった」

「私は兄の嫌なところをたくさん知ってるから、時子さんに嫌われるのがすごく怖かったので、会わせたくなかったんやろなあ」

京のだしてくれた酒は、どろりと喉を焼くように甘い。寒い季節には、沁みる。

「兄は、もういません。生きてるときに苦しみ続けたから、死んで楽になったのだと考えるようにしているんです。そやから時子さんも、兄を忘れて――とは言えへんけれど、取り戻せない過去に囚われず、生きてください。人間は、いつ死ぬかわからないんだから、幸せになろうとしないといけないんです」

京がそう口にしたとき、店の扉が開いた。

「ただいま」

背の高いがっしりとした顔つきの男が小さな男の子を抱えて入ってきた。

「お帰りなさい」

「散歩しているうちに、眠くてたまらないって顔してたから、戻ってきた」

男の子は、大きな欠伸《あくび》をしている。男は子どもを抱いたまま、店の奥に入っていった。

子どもは、驚くほど、新に似ていた。

「今、ちょうど二歳になりました。兄が亡くなってすぐ、生まれた子です。私は親も兄もダメな人たちばかりやから、自分が家族を持つなんて考えたことあらへんかった。兄と同じように、自分の血を残したくないと思っていたんやけど……でもこんな私と一緒に生きていきたいという人に出会って子どもも授かりました。どうせ生きるんやったら、幸せになろう、と私はすべて受け入れることにしたんです」

京はそう言って、笑みを作る。

「生きている人間がうしろめたさや未練を持つから、幽霊は現れるんです。兄がこの世に残らないためにも、時子さんはちゃんと幸せにならなあかん。お墓参りなんて、いらへん。兄は甘えん坊やから、あなたの顔を見ると、出てきてしまうかもしれん」

そう言われて、時子は初めて心の中に少しばかりの安堵が広がった。

「寒い、寒い、寒い——やっぱり京都のほうが寒いわ」

そのとき、店の扉が開き、繰り返し「寒い」と口にしながら、コートを着た男が入ってきた。

時子は男の顔を見て、驚きで声が出ない。

友彦だった。

どうして北海道にいるはずの恋人が、ここにいるのか——。

「いらっしゃい。早かったね、友彦さん」

「連絡もらったときは、もう京都に着いてた。市バスに乗って来た。地下鉄のほうが早いかなと思いつつ」

「時子さんが帰っちゃって、友彦さんが間に合わへんかったら、どうしようと思ってたんよ」

「それならそれで宿で待ち伏せでもするけど——」

友彦と京があまりにも自然に会話していて、時子は何から聞いたらいいか、わからない。

「やっぱり寒いな、京都は。北海道のほうが気温は低いはずなのに——」

コートを着たままの友彦の前に、京は湯気の立つ熱いお茶を出す。

「どうして——」

やっと時子は、そう口を開いた。

「時子に会いたくて——いや、本当はこういうのよくないって、わかってるけど」

「心配やったんよ。恋人が、昔住んでいた場所に結婚前に旅に行って、過去の思い出が蘇って自分との婚約を解消しぃひんかって」

「そしたら、京さんが、『あなたも来たらええやん』って言うから」

混乱していた。そもそも、どうして友彦と京はこんな親しいのか。

時子の戸惑いを察したように、京が応える。

「友彦さんとは、十年前に知り合いました。さっき、うちのお墓は父の実家のある札幌だと言いましたけど、そのお墓のあるお寺の住職さんは、自死や、非業の死を遂げた者の遺族に向けて、カウンセリングや相談に乗っている人で、家族に死なれた人たちの集まりとかも主宰していて……その会で知り合ったんです」

京と新の母親が自死だという話を時子は思い出した。

「時子には話してなかったことがある。嫌われたり、引かれたりしたらと思うと怖くて……俺と前の妻との離婚原因は、最初の子どもが事故死したこと――」

友彦の言葉に、時子は息を呑む。全く、知らなかった。

「それも、俺が悪いんだ。あの頃、子育てと仕事の両立で大変な妻を思いやるどころか、重く感じて、家に帰るのが嫌になってた。二番目の子どもができて、妻と喧嘩することが多くて、顔を合わせたくないから帰りも遅くて……そんなとき、妻が疲れて寝てしまい、上の子が、ベランダの扉を開けて――鍵が開いていたのは、俺が出勤前に煙草をベランダで吸って、そのままだったんだ――よじ登って、転落した」

友彦はなるべく淡々と語ろうとしているが、まぶたが痙攣しているのに時子は気づいた。

「子どもは即死で、ニュースにもなり、世間は子どもから目を離したと、妻を責めた。でも本当は帰りの遅い、ベランダの鍵を閉めなかった俺が悪い、俺の責任だ。離婚して、下の子は妻が引き取った。俺も妻も一時期は病んで、仕事もできなかった。そして藁にもすがる想いで、亡くなった息子のお墓がある寺の住職さんが、遺族たち向けの会を開き、カウンセリングをしているのに出かけて……京さんと会った」

友彦はそこまで話して、お茶を口にして、大きく息を吐く。友彦の言葉を続けるように、京が話し始めた。

「最初は、話したこともあまりなくて、顔見知り程度だったし、私も長く、そこから足が遠のいていたんです。けれど、今度は兄が亡くなり、私、本当にひとりになってしまい、兄のお骨を収めるために久しぶりにお寺を訪ねたら、友彦さんとばったり会いました。それから、Facebookで繋がって、たまにやりとりしてたら、『恋人が出来た。永く京都に住んでいた人です』って書き込みがあって……名前を聞いたら、時子さんだったので、驚きました。でも、ホッとしました。もし兄のことを気に病んで苦しまれていたら申し訳ないと思っていたので……」

全てが繋がっていたのだ――偶然なのか必然なのか――人の死を媒介にして、ひとつの輪ができていた――時子は整理がつかなかった。

「今度、恋人が京都に行くんだけど心配だって、友彦さんが書いてたから、私、時子さんは私の店に来はるんやないかという予感がして……それまで時子さんは兄の恋人だったというのは友彦さんには言わへんかったんですけど……すいません、つい、話してしまったんです」

京は申し訳なさそうに、深く頭を下げる。

「俺が、一方的に時子を好きになって、結婚したいって言って……でもいつもどこか不安があった。たまに、一緒にいても時子は悲しそうな表情をしたり、他のこと考えてるときがあった。でもお互い、四十過ぎで、いろんな過去を抱えてるのが当然で、何でもかんでも話してくれよって責めるわけにもいかない。俺だって、子どもの事故のことをずっと話せないでいた。京さんのお兄さんが、時子の恋人だったと聞いて、腑に落ちるのと同時に、だから俺は時子に惹かれたのかもと気づいた。どこか悲しみや傷の部分が共振したのかもしれないって。時子が自分の過去と向き合うために京都に行くのなら、俺もと思って、追ってしまった。ごめん」

「謝らなくていい」

時子は、そう口にした。

驚いてはいるし、まだ整理はつかない。だけど、友彦がこうして来てくれたことは、決して迷惑ではないし、嫌でもない。

むしろ、嬉しかった。

そんなふうにまで思ってくれていることが。

今までは、どうして自分のような何の取り柄もない、若くも美人でもなく、子どもも産めない女に、結婚して一生一緒にいようなんて強く望んでくれるのだろうと引け目を感じていた。新のことがあるし、自分は幸せになってはいけないんじゃないかともずっと思っていた。

「寒いけど、ちょっと外に出て、ふたりで話そう」

時子はそう言うと、友彦は頷いた。

「また来てくださいね、お会い出来てよかった、おおきに」という京の言葉に頷き、勘定を済ませ、ふたりは店の外に出る。

「ここから、夜景がよく見える。知られざるスポット」

時子は北大路バスターミナルに直結する北大路ビブレの三階のガラス扉を開きテラスに出る。思いのほか広く、昼間は京都を囲む山並を眺めることができた。

ついこの前まで、この北大路ビブレの三階にあったファミレスには、昔、新とよく来ていたが、いつのまにか別の店に替わっていた。けれど、この開放されたテラスから見る夜の景色は、昔のままだ。

ところどころ光が灯り、闇の中になだらかな山の稜線がうっすらと見える、静かな光景。

そういえば、高校の修学旅行で、この山並を見て美しいと思い、京都に来ることを決めたのだった。

時代は巡り、時は流れ、景色は変わるけれど、この街は昔も今も、どこか時間が止まっている感触があるのは、この塀のような山並のせいだろうか。

「札幌は、新しい街で、作るときに京都を模したって話があるの、知ってる？」

友彦が、そう聞いてきた。

「え、知らない。そうなの？」

「札幌は京都と同じ碁盤の目になってて、南一条とか……京都も三条、四条だろ。それに、どちらにも円山公園がある」

「言われてみたら……」

「長く、日本の中心だった街だから、そこをモデルにして作ったんだろうって」

自分が住んだふたつの街が、そんなふうにつながっていたのか——何も考えず、ただ流されて京都に行っただけだったけれど——何かしら縁があったんだ。

京都という場所は、街そのものがお墓みたいなものだから——いつか新が言った言葉をふいに思い出した。昔の恋も、新も、ここにいるのだ。こうして私が再び訪れたのは、やっぱりお墓参りだったのかもしれない。

私自身の過去へ、手を合わせ、次に行くための儀式だったのかも、と。

昔の恋人たちに会って、わかったことがある。恋なんて、決して綺麗なものでも、人を成長させるものでもない。だから夢見てはいけない。ただそこにある時間を大切にするべきなのだ、と。学ぶべきものがあるなら、今が一番大事——それだけだ。

過去の恋人たちと会って、失望もしたし、現実も見せつけられたけど、それでよかったのだ。全て、これで、過去にできて、未来に生きられる。

そして思いがけず友彦と京都で会い、彼の過去も知った。

ずっと、許されたかった。幸せになりたかった。幸せになっちゃいけない気がしていた、許してくれない、と。死んでしまった新の弱さを恨んでもいた。呪われている気がして、だから子どもの産めない身体になったのだと自分で思い込もうとしていた。幸せになりたいのに、幸せになるのが怖い。だから友彦に結婚しよう好きだよと言われても、どこかいつもそれを受け入れてはいけない気がしていた。手放す勇気もないくせに。

「時子」

友彦が、夜の山並を眺めながら、時子の肩を抱く。

「改めて……残りの人生、一緒にいよう。俺たちはふたりとももう若くなくて、過去もあるけれど、だからこそ限られた未来を、ふたりで楽しく過ごそう。人は、生きている限りは、幸せになる義務があると思う。幸せにならないと、いけない」

友彦の言葉に、ようやく、永年自分で縛りつけていた心が溶けていく気がした。

京都——ここは死者を弔う墓場みたいな街。

私は私の人生を弔いに、再びここを訪れた。

これからの、人生のために。

幸せな死を迎えるために。

やっとこれで、さよならができる。

時子は夜の京都の町に、祈るように手を合わせた。

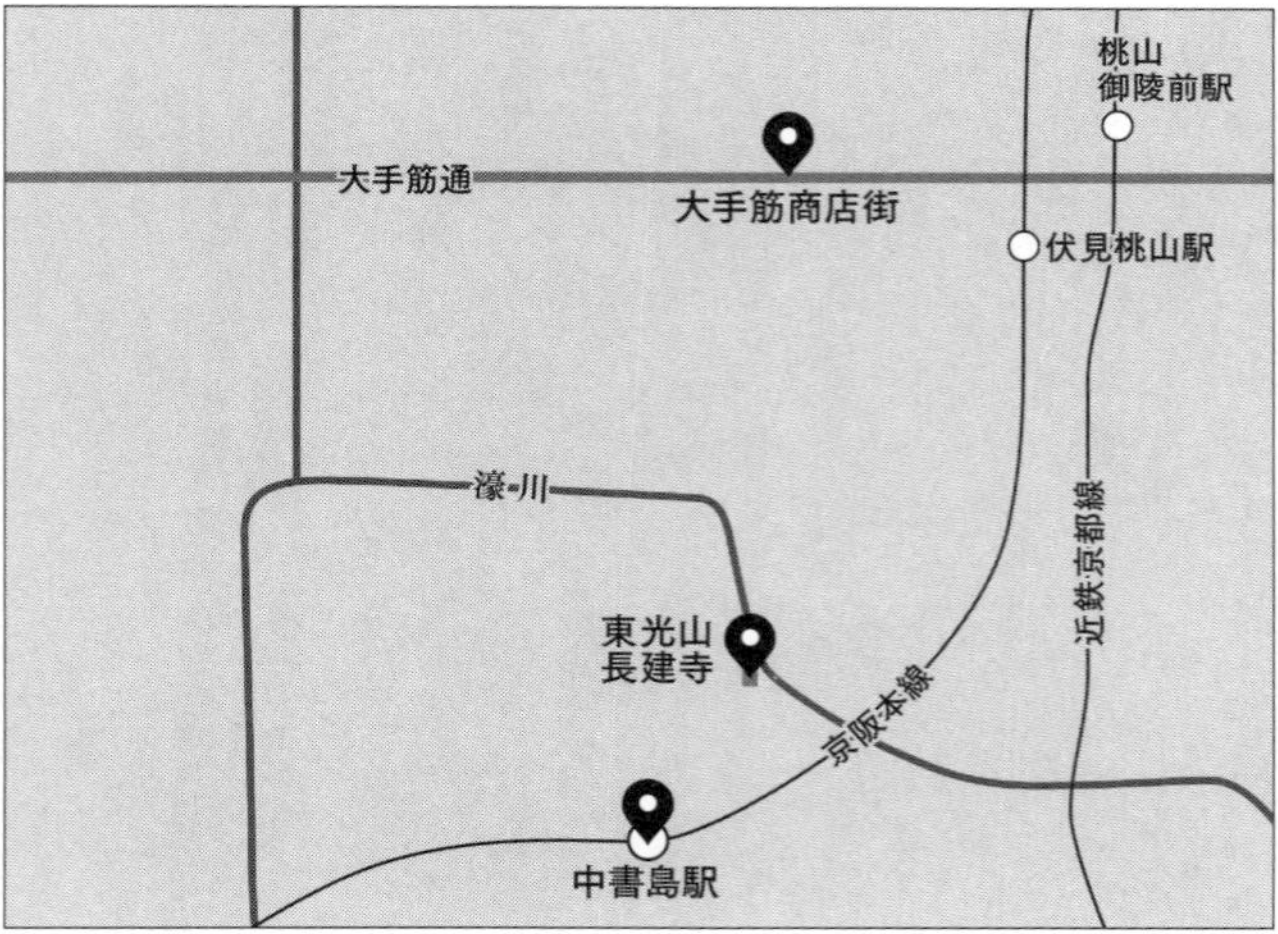

伏見区

大手筋商店街

京阪本線の伏見桃山駅・近鉄京都線の伏見御陵前駅からすぐ、地元市民のみならず観光客でも賑わう伏見大手筋商店街がある。アーケードから脇に入れば酒蔵や旧跡が立ち並び、伏見観光の起点ともなっている。

中書島4番ホーム

京阪本線中書島駅には、早朝しか電車が止まらない4番ホームがある。詳しくは126頁を参照のこと。

長建寺

1699年（元禄12）に創建された長建寺は、かつての中島遊郭のなかにある。祀られた弁財天は遊女たちの崇敬を集めていた。

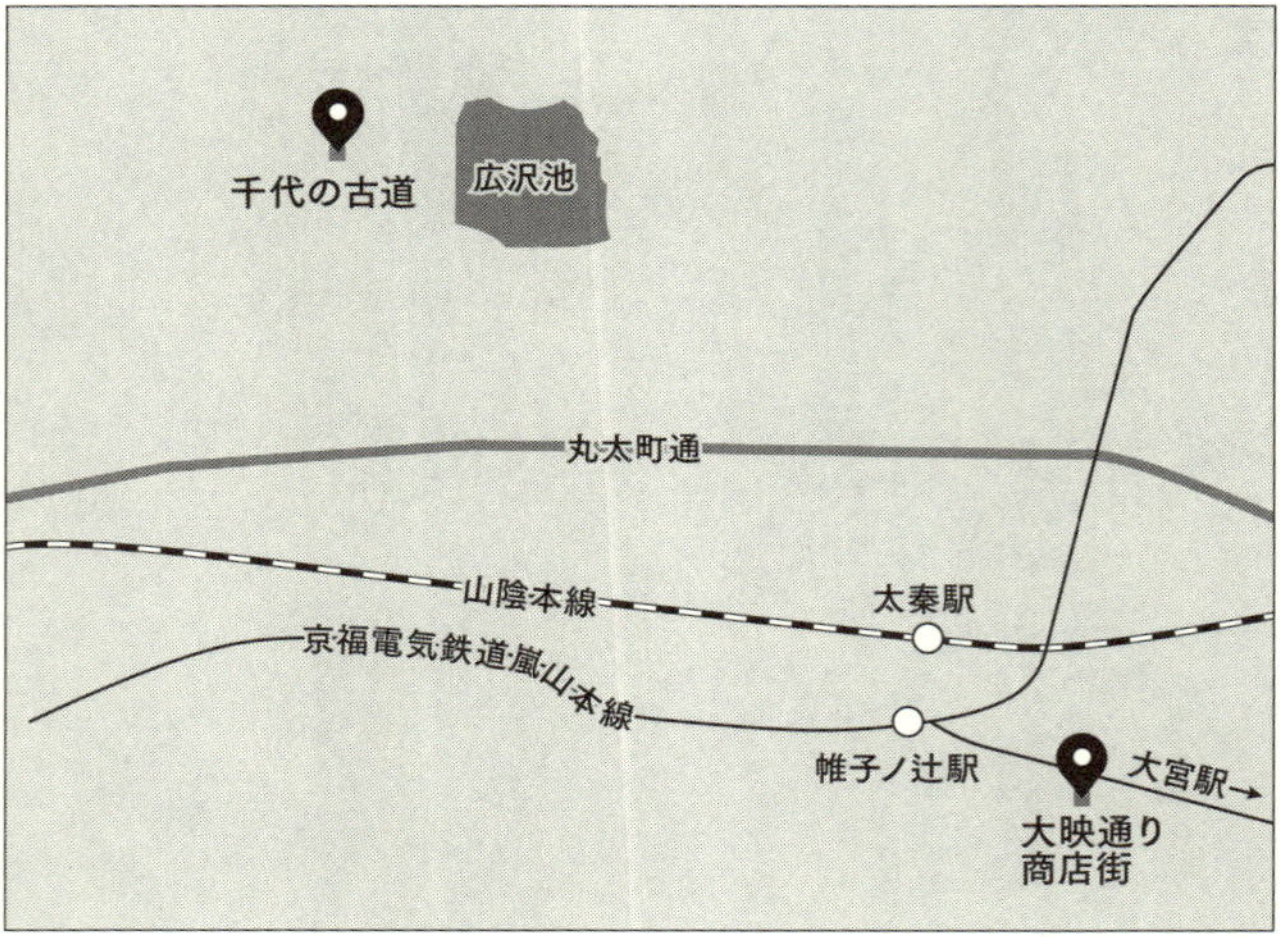

右京区

嵐電大宮駅

京都市内から嵐山へ向かうための京福電鉄の始点。大阪・京都を結ぶ阪急京都線の大宮駅とも接し、京都の西の出入口に位置しているため、周辺には飲食店がひしめき合う。

千代の古道

嵯峨野は大覚寺を中心に古くから貴族の遊興の場ともされた。千代の古道がどの道かははっきりとしないが、在原行平や藤原定家らが歌枕として詠み、いくつかの石碑が建つ。

大映通り商店街

大映京都撮影所にちなんで大映通りと名付けられた商店街には、地元住民がきりもりするコミュニティスペース「うずキネマ館 キネマ・キッチン」や大魔神像があり、映画撮影所のお膝元の雰囲気を感じさせる。

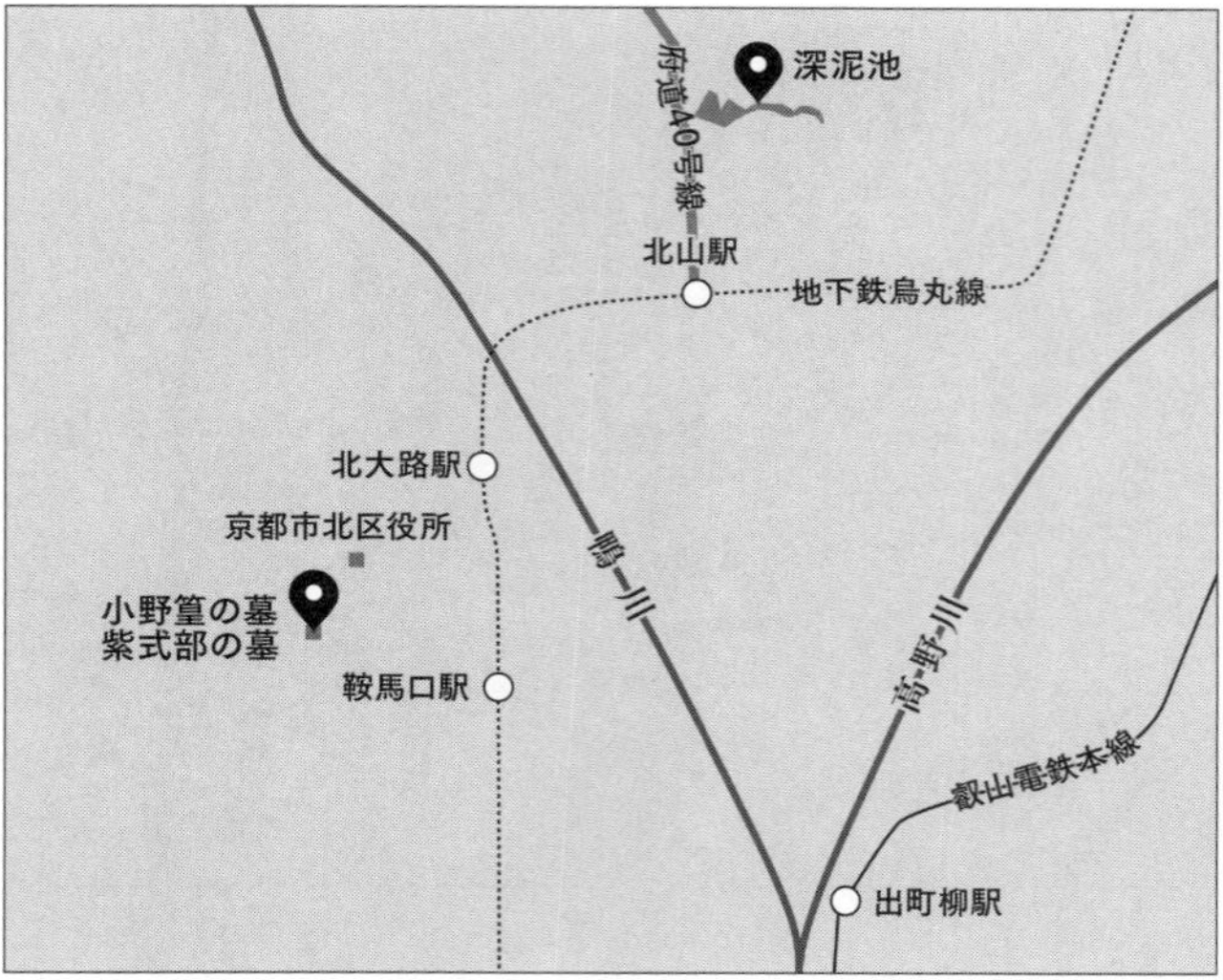

北区

小野篁の墓／紫式部の墓

堀川北大路の交差点を少し下がったところに、時代の異なる二人の墓が並んで祀られている。裁く側の小野篁、裁かれる側の紫式部として死後に出会ったため、などの逸話がある。

深泥池

地下鉄烏丸線の北山駅から北に10分ほど歩くと、深泥池が現れる。タクシーの運転手が語る怪談など、その風景からいわく数しれない池である。

京都の洛外をめぐる

マジカル・ランドスケープ［伏見区・右京区・北区］

伏見区

京都の内と外をつなぐ鉄道網

中書島駅4番ホーム

★★★☆☆

大阪と京都の都心部をつなぐ京阪本線の中書島駅は、特急が止まる主要駅の一つで、相対式ホームの間に島式ホーム1面がある3面4線の地上駅。1・2番ホームは京阪本線が走り、3・4番ホームは、世界遺産・平等院の最寄り駅・京阪宇治駅へと続く支線・宇治線となっている。この宇治線4番ホームからは、早朝5時00分発と5時49分発（平日のみ＊）しか電車は宇治駅に向かって運転しない。運良く乗れた人は朝日にきらめく宇治川を堪能できる。

京都周縁部には、JRや京阪の他にも神戸・大阪・京都を繋ぐ阪急や奈良と接続する近鉄といった鉄道、叡山電車や路面も走る嵐電（京福電鉄）など、多彩な鉄道網がある。地下鉄とバスしかない中心部とは対照的だ。

［＊2019年1月現在］

ACCESS
伏見区葭島矢倉町59番地

SPOT
- 中書島駅
- 出町柳駅
- 東福寺駅
- 西院駅
- 山科駅

伏見区

新地湯

タイル画のある銭湯を巡る

★☆☆☆☆

ACCESS
伏見区南新地4-31

SPOT
・新地湯
・船岡温泉
・呉竹湯
・金龍湯

中書島駅北口からほど近く、かつては中書島遊郭といわれた地域に銭湯「新地湯」がある。1931年に創業したこの銭湯は、外観もさることながら、入り口の扉を開くと当時のレトロな雰囲気をそのまま残した脱衣所が現れる。ここには50年間現役のマッサージチェアーが置かれている。タイル画と言って思い浮かべるのは「富士山」だが、新地湯は、男湯は「松の生える日本海海岸風」、女湯は「ひっそりと赤い屋根の家が佇むアルプスの湖畔風」となっている。湯船の底にはささやかに鯉が描かれている。

　京都の街に根付く銭湯には、定番の富士山から、京都の代表的な寺社、外国の風景などバリエーション豊富なタイル画がある。そんな銭湯芸術をめぐる旅があってもいいだろう。

伏見区

郊外に佇む地蔵

向島ニュータウン３街区Ｂ棟前の地蔵

★★★☆☆

ACCESS
伏見区向島二ノ丸町

SPOT
・向島ニュータウン
・小金塚団地
・大善寺
・浄禅寺
・地蔵寺

京都とその周辺は独特の地蔵信仰があることは有名だが、新興住宅街でも多数の地蔵が信仰されていることを知る人は少ない。例えば１９７０年代後半に巨椋池干拓地の西側に隣接して建設された向島ニュータウン３街区Ｂ棟には、１階集会所前の敷地を割いて地蔵の祠が建立され、日々誰かが世話をしている。

地中から出現したり、路傍の石が地蔵と認識されたり、新しくつくられたりして、地蔵たちは街に住み着く。毎年８月後半に行われる地蔵盆の中で、住宅団地を挙げた大規模なものとしては、山科区四ノ宮小金塚の１２００世帯にのぼる団地全体での地蔵盆がある。

地蔵盆と同じ時期に、京都周辺に配置された地蔵尊をめぐる六地蔵巡りが人気だが、郊外の地蔵の由来を探る旅もまた一興だ。

右京区

千代の道古墳

人知れずまちに溶け込む古墳群

★★★★☆

太秦の商店街から脇道に入ると、古代にこの地域を治めていた一族の墓とされる蛇塚古墳があるのは知られているが、そこから100メートルほど先の駐車場の一角に、千代の道古墳という古墳があることを知る人は少ない。夕方6時に点灯する簡素な街灯の影に隠れ、まるで草むらにしか見えない。

1200年以上にわたって都市であり続けた京都の洛外には、こうした墓所がいたるところに存在する。地下に埋もれていたり、辻々や寺の地蔵という形で痕跡を残す。著名人の墓所も散在する。山科区勧修寺には坂上田村麻呂の墓が、伏見区深草には鎌倉から室町初期の天皇たち12名の集団墓が。

京都には、墓が都を囲むようにひっそりとあり続けている。

ACCESS
嵯峨野千代ノ道町44

SPOT
・千代の道古墳
・蓮台野
・朱雀墳墓地
・深草十二帝陵
ほか

右京区

生死のあわいが匂い立つ辻

帷子ノ辻／大魔神像

★★☆☆☆

嵯峨天皇の后であった橘嘉智子が、自らの遺体を辻にさらし、腐りゆく姿を示すことで世の無常を悟らせたという伝説がある帷子ノ辻。そしてその遺体の変化を写したのが「九相図」である。遺体が腐敗し骨になる過程を詳細に描いた図は中央アジアや中国でも確認されており、この時期の仏教思想の無常観をしめしている。

　そんな帷子ノ辻から商店街を少し下ったスーパーの前に大魔神の像がある。周囲には大魔神の本拠地、大映京都撮影所跡、そして松竹と東映の撮影所や映画村がある。遺体が置かれた伝承を持ち、京都西郊の交通の要所である帷子ノ辻は今、日本の映画産業を支えた歴史をたたえつつ、生者がせわしなく往来する車と路面電車の交差点となっている。

ACCESS

太秦帷子ヶ辻町／太秦堀ヶ内町 30－50

SPOT

- 大魔神像
- 嵯峨山上陵
- 松竹京都撮影所
- 東映京都撮影所
- 東映映画村 ほか

お腹のたるみ
ひざ
体重
が気になる方

北区

深泥池

大きな水だまりに囲まれた京都

★★★☆☆

ACCESS
上賀茂深泥池町

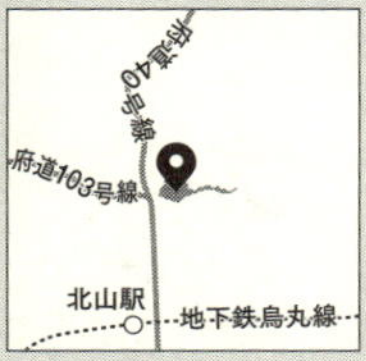

地下鉄北山駅から岩倉に抜ける狐坂の脇に植物が密生した水面が現れる。氷河期末期から存在する深泥池である。地質学・生物学の観点から高く評価され、「深泥池生物群集」とし天然記念物に指定されている。また平安京が建設された直後の9世紀初期から文献にも多数記述されるようになり、都とのかかわりは深い。タクシーを拾った若い女性が途中で消える、などという話もある。また、この付近に生まれた北大路魯山人は、「どこのじゅんさいが一番よいかと言うと、京の洛北深泥池の産が飛切りである」と激賞している。

京都の南、伏見区向島と宇治市小倉には、かつて巨椋池という巨大な池があった。戦時中の食糧増産計画のために干拓され姿を消したが、痕跡は各所に残っている。京都を大きな水だまりが囲む。

SPOT
- 深泥池
- 三栖閘門
- 巨椋池排水機場
- 北大路魯山人生誕地 ほか

北区

紫式部・小野篁墓

都の周囲に眠る平安貴族たちの墓所

北大路堀川を少し下ったところにある二つの墓所。小野篁は紫式部より170年ほど前に生まれた平安初期の貴族、歌人だ。にも関わらず、なぜこの二つが並ぶのか。小野篁は、一度島流しを受け中央政界に復帰した。島流しがあの世とこの世の往還になぞらえられ、閻魔大王の補佐をしたという伝説が残る。一方、紫式部は恋愛の物語でもある源氏物語で人々の心を惑わし、死後地獄に落ちたと言われる。その紫式部を救済するため、閻魔大王とつながりのある小野篁をそばに置いたのではないか、という話がある。

本来都はけがれを嫌う場であり、このように京都を取り囲むように平安貴族たちの墓所がある。彼らは都に生き、没後は都の周囲に眠るのである。

★★☆☆☆

ACCESS
紫野西御所田町

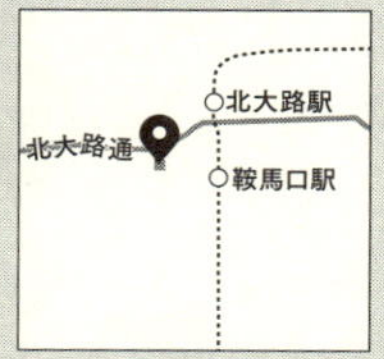

SPOT
- 紫式部、小野篁墓
- 在原業平墓所
- 和気清麻呂墓所
- 坂上田村麻呂墓所

洛外を読み解くコラム①

『Lonely Planet Kyoto』

恵谷浩子（奈良文化財研究所 景観研究室研究員）

※本原稿は、2017年に京都で開催されたワークショップ「CIRCULATION KYOTO」のために書き下ろされたものを加筆修正しています。

「京都」と聞いて、なにを思い浮かべるだろうか。英語による旅行ガイドブックで世界一のシェアを占める『Lonely Planet』の京都版の表紙には、祇園のメインストリートである花見小路通にて着物姿の女性がお茶屋さんの前を歩いている写真が採用されている。日本の旅行ガイドブックである『るるぶ』や『まっぷる』の京都版の表紙は毎年決まって寺社仏閣。これが国籍問わず大多数の人が納得する「京都らしさ」といえるだろう。かくいう筆者も同じイメージをずっと京都に抱いてきた。

大手旅行ガイドブックの表紙に象徴されるようなイメージのものとして、わたしたちは「京都らしさ」の表層をとらえているのではないだろうか。しかし、実際の京都市街に分け入ってみると、平安京（洛中）の周囲をぐるりと取り囲む周縁地域と中心市街地とのローカルな関わりや仕組みによって、「京都らしさ」が支えられてきたことに気付かされる。

洛北地域の暮らし

では周縁地域では、中心市街地とどのように関わってきたのだろうか。本稿では京都盆地北部（洛北）の3つの地域に限って紹介したい。

京都市北区中川は、京都市街地から車で約30分の距離にある山間地で、北山林業の中心地として成り立ってきた。徒歩でも市街地まで半日ほどで一往復できる立地にあることから、床柱や垂木（屋根を支えるため、棟から軒先に渡す長い木材）といった人力でも運べる細くて付加価値の高い材に特化した生産地となっている。そうした材は、何度も繰り返される枝打ちと、皮むき・乾燥・磨きといった加工作業により生み出され、板材にするのではなく丸太のまま使われる。ここで生み出される材が「茶の湯」と結びついて数寄屋造りの建築や暮らし・文化を支えてきた。その木材を京都市内に運ぶのは女性の仕事だったが、その帰り道、女性たちは山間では得られないような食品や実用品を買い求めて中川まで帰った。

左京区鞍馬本町は鞍馬寺の門前町であり、鞍馬街道の街道筋の町でもある。洛北の谷間に位置し、中川同様に市街地から車で30分ほどの距離にある。燃料革命前まで、その北部に広がる北山一帯で生産された木炭の一大集積地であった。鞍馬の問屋に集められた良質な木炭は「鞍馬炭」と呼ばれ

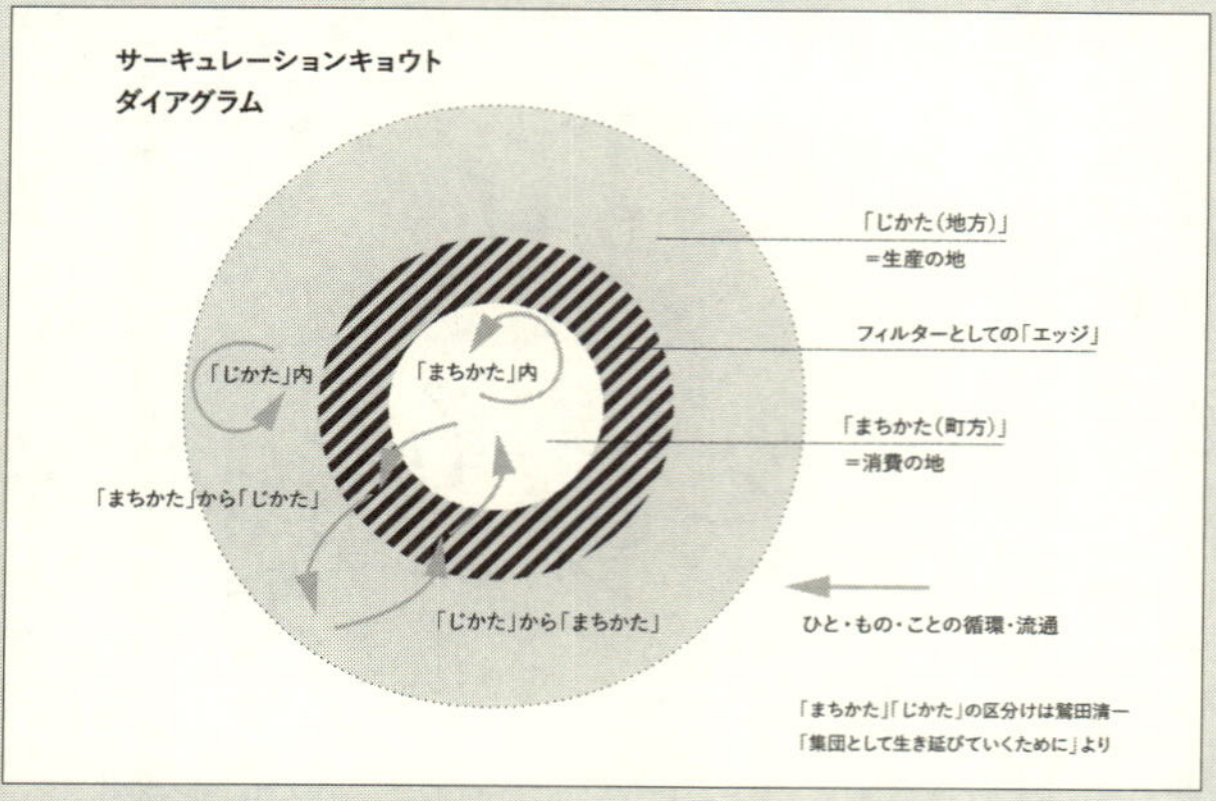

©Hiroko Edani, Mitsuhiro Sakakibara

ブランド化され、ここを拠点に鞍馬街道を通って京都の町方へと運ばれた。また、鞍馬は「木の芽煮」の産地でもある。現在も北山から山椒や蕗をはじめとする山菜が集められて佃煮に加工されて京都市内へもたらされている。

　この鞍馬街道と京都盆地との境目に深泥池があるが、その周辺は祇園祭の粽の加工地である。現在は住宅地となっているが以前は農村で、農家の副業として粽の加工がおこなわれてきた。粽づくりに欠かせないクマザサの産地だった北山の花背とも、消費地である山鉾町のある洛中とも、鞍馬街道で結ばれる立地である。

「フィルター」をもつ京都

このようにみてみると、京都の歴史的核である中心市街地と周縁地域は、一方通行ではない相互の支えあいで成り立ってきたことがわかる。また、遠方で生産されたものを盆地のエッジに立地する村々で加工し、その加工品を市街地へ供給する、という関係もみえてくる。岡崎でも琵琶湖疏水の水を水力発電によって電気に加工して市内へ提供し続けている。生産されたものがそのまま市街地へ入ることは少なく、エッジで加工されたり留め置かれたりしながら、ニーズにあわせて必要な量が小運搬され続けている。だから洛中には巨大な倉庫や貯木場といった留め置く施設が見られない。京都のエッジは、中心市街地に対する「フィルター」の機能を持ってきたと言えるだろう。

『Lonely Planet Kyoto』の表紙に話を戻そう。お茶屋さんの数寄屋造りの建築、軒先にかけられた外掛すだれ、店先の提灯とのれん、女性の着物、草履に足袋。どれも周縁地域で生産、加工されて、さらに市内で二次加工されたものばかりだと気付く。その写真は見事に京都らしい仕組みを象徴しているのである。

えだに・ひろこ　奈良文化財研究所文化遺産部景観研究室研究員。専門は造園学。著書に『地域のみかた―文化的景観学のすすめ』（共著）、『京都岡崎の文化的景観調査報告書』（共著）、『遺跡学の宇宙―戦後黎明期を築いた13人の記録』（共著）など。

洛外を読み解くコラム②

『マジカル・ランドスケープ in 京都』

遠山昇司（映画監督、プロデューサー）

まずは、夜空を見上げてみる。

浴槽にお湯を張っている間にベランダに出て見上げてみてもいいし、人で賑わう花見小路通で立ち止まって見上げてみてもいい。夜空を見上げると、そこには星々がある。点在する星々を線でつないでいくと、「さそり」や「水瓶」などが見えてくる人もいるだろう。そこには、星々の存在とは別に正座という風景と物語が存在している。

人は古来より、想像力によって新しい風景を生み出してきた。

見えていなかったものがある瞬間から見えてくること。または、今までの認識が変化することによって見えるようになるもの。かぼちゃが馬車に変化する瞬間、映画『猿の惑星』で自由の女神を見た瞬間、その魔法はかけられ、または解かれる。観光ガイドブックに掲載されている風光明媚な「京都」というイメージにも同じことが言えだろう。

観光スポットを星々とするならば、それらの星々を線でつないでいくと所謂「京都」というイメージが星座として形作られていることになる。

私たちはすでにその「京都」を知っている。そして、多くの観光客はその「京都」らしいものを求め、度々訪れる。私もその一人であったが、今回、二人の小説家とコラボし、京都の中心部を囲む地域（洛外）へ読者を誘う仕組みを考えて欲しいという依頼を受けた。京都市内の山科区・伏見区・西京区・北区・右京区を巡る中でそこで暮らす人々にとっての日常的な風景を数々目にしてきた。ふと立ち止まって見つめると、そこには異なる世界を見せてくれる窓が開かれていることに気づく。その窓の先には、京都らしからぬ「京都」がマジカルなランドスケープ（風景）として存在している。

冒頭、夜空を見上げると、そこには星々があると書いたが、暗闇に目が慣れてくると光り輝く星々の他にも無数の星が存在していることを認識できる瞬間が訪れる。あんなところにも星があったのかという風に次第に小さな星々が見えてくる。新しい星々が見えてくると新たな星座という風景が見えてくるはずだ。

夜空を構成するのは、強く光る星だけではない。

２０１８年の８月。照りつける太陽の元、本書の中でピックアップしているそれ

千代の道古墳　Photo: Naoko Tamura

ぞれの場所の写真撮影を行った。右京区にある千代の道古墳の撮影をしていた時のことだ。この古墳は、青々と茂った草に覆われていて、一見するとこんもりとした小山にしか見えない。周りには、古墳の説明をする看板もなく、ブロック塀と同じく草に覆われたフェンスによって囲われているだけ。

撮影をしている我々に一人の女性が近づいてきて話しかけてきた。
「これって、何ですか?」
「古墳ですよ。」と私が答えると
「そうなんですね!ずっと何だろうと気になってて。こんなところに古墳があるなんて京都らしいんですかね?」と話し彼女は古墳を見つめながら去って行った。

彼女がいつも見ていた風景が、これから見る新しい風景へと変わっていく瞬間だった。

近くの学校から下校のチャイムが流れてくる。日が落ち始め、古墳の前に設置してある街頭に光が灯る。小山に茂った草がほんのり照らされた。

今、私が立っている場所の記憶が空気中に漂っている様な感覚。

本書では、実際の風景と共に私たちの中に既に存在してる記憶の風景としての校歌も紹介している。人生で一番歌っている歌は、校歌ではないだろうか。何度も歌ったその歌詞には、京都の小学校の校歌の様に、その地域の語り継がれる風景が託されている。たとえ、今は見ることができなくても、想像したり思い返したりすることで、その風景は浮かび上がってくるだろう。

街頭に照らされ、草に覆われた小山の下に眠る死者が見え始める。

夜が近づいている。

「京都」を形作る新たな星座、そして「京都」の新たな風景を巡る旅へ。

とおやま・しょうじ　1984年熊本生まれ。最新作『冬の蝶』が第33回テヘラン国際短編映画祭にてグランプリを受賞。アートプロジェクト「赤崎水曜日郵便局」ではディレクター・局長を務め、2014年度グッドデザイン賞を受賞。「さいたま国際芸術祭2020」ディレクター。

洛外を読み解くキーワード①

『校歌に映る土地の風景』

マジカル・ランドスケープ研究会

校歌には、地域の記憶が封じ込められている。

ここに掲げた校歌は、京都の小学校のうち三校分にしか過ぎないが、それでも様々な風景が展開し、記憶が喚起される。

◆

現在休校している北区の中川小学校の校歌には、北山の谷、杉、清滝川が詠み込まれている。

中川小学校　校歌

一、谷を埋めて　北山に
高くそびゆる　白杉は
伸びゆく子らの　新しき
正しき心を　示すなり

二、清滝川の　清流に
しらべ妙なる　せせらぎは
伸びゆく子らの　新しき
すがしき心を　謳うなり

三、ちとせの誉　うけつぎて
いよよひらける　わざおぎは
伸びゆく子らの　新しき
明るき心を　磨くなり

四、今れいめいの　鐘ききて
輝く光　さしそめぬ
吾らむつみて　はげむとき
文化の光　いやまさむ

あゝ幸ぞあれ　中川校

◆

山科区の勧修小学校では、学校に隣接する坂上田村麻呂の墓所や、勧修寺境内の氷室池が取り上げられる。西京区、西山のふもとにある松陽小学校では、京都を代表する天皇の杜古墳や、小学校の背後にある峰ケ堂に触れられている。

勧修小学校　校歌

一、田村の森の　わかみどり
岩屋の秋の　あやにしき
ながめつきせぬ　山科の
わがまなびやの　楽しさよ

二、行者の森の　ほこ杉の
　すぐなる心　動きなく
　氷室の池の　まし水の
　清きを汲みて　学びてん

◆

　また、校区から離れても、学校から見える印象的な山を歌いこんでいるのも興味深い。勧修小学校では、山科と大津の間を画する行者ヶ森が、松陽小学校では、遠く京都盆地の反対側にある比叡山が印象的に配されている。毎日見る風景として。

松陽小学校　校歌

一、みどりあふれる　西山は
　陽ざし明るく　雲晴れて
　はるか比叡の　峰よりも
　高く希望を　胸にして
　ああ美しい　学び舎
　松陽　松陽小学校

二、御陵の森の　すぎ高く
　山田のさとに　峰が堂
　千代の昔を　うけついで
　心豊かに　花ひらく
　ああゆかしい　学び舎
　松陽　松陽小学校

花房観音（はなぶさ・かんのん）
一九七一年生まれ、小説家、京都市在住。二〇一〇年「花祀り」にて第一回団鬼六賞大賞を受賞しデビュー。その後、京都を舞台に五人の女の業を描いた『女の庭』が話題に。他にも『愛欲と情念の 京都案内 魔の潜むこわ〜い街へようこそ』などエッセイを含む著書多数。

円居挽（まどい・ばん）
一九八三年生まれ、小説家。京都大学推理小説研究会出身。二〇〇九年『丸太町ルヴォワール』でデビュー以後、「烏丸」「今出川」「河原町」と続く「ルヴォワール」シリーズを発表。他にも『キングレオの冒険』『京都なぞとき四季報 町を歩いて不思議なバーへ』など著書多数。

恋墓まいり・きょうのはずれ
――京都の〝エッジ〟を巡る二つの旅

著　花房観音＋円居挽

デザイン　加藤賢策＋岸田紘之（LABORATORIES）
企画　CIRCULATION KYOTO
編集・企画　マジカル・ランドスケープ研究会
＋千十一編集室
写真　田村尚子

発行日　二〇一九年二月二十日　初版第一刷発行
発行所　合同会社千十一編集室
〒一七〇－〇〇〇二
東京都豊島区巣鴨五－三二－九－四〇二
TEL: 〇五〇－六八六六－三八七九
http://sen-to-ichi.com
印刷・製本　シナノ印刷株式会社

Printed in Japan
ISBN:978-4-9910111-0-8 C0193

きょうのはずれ

円居挽

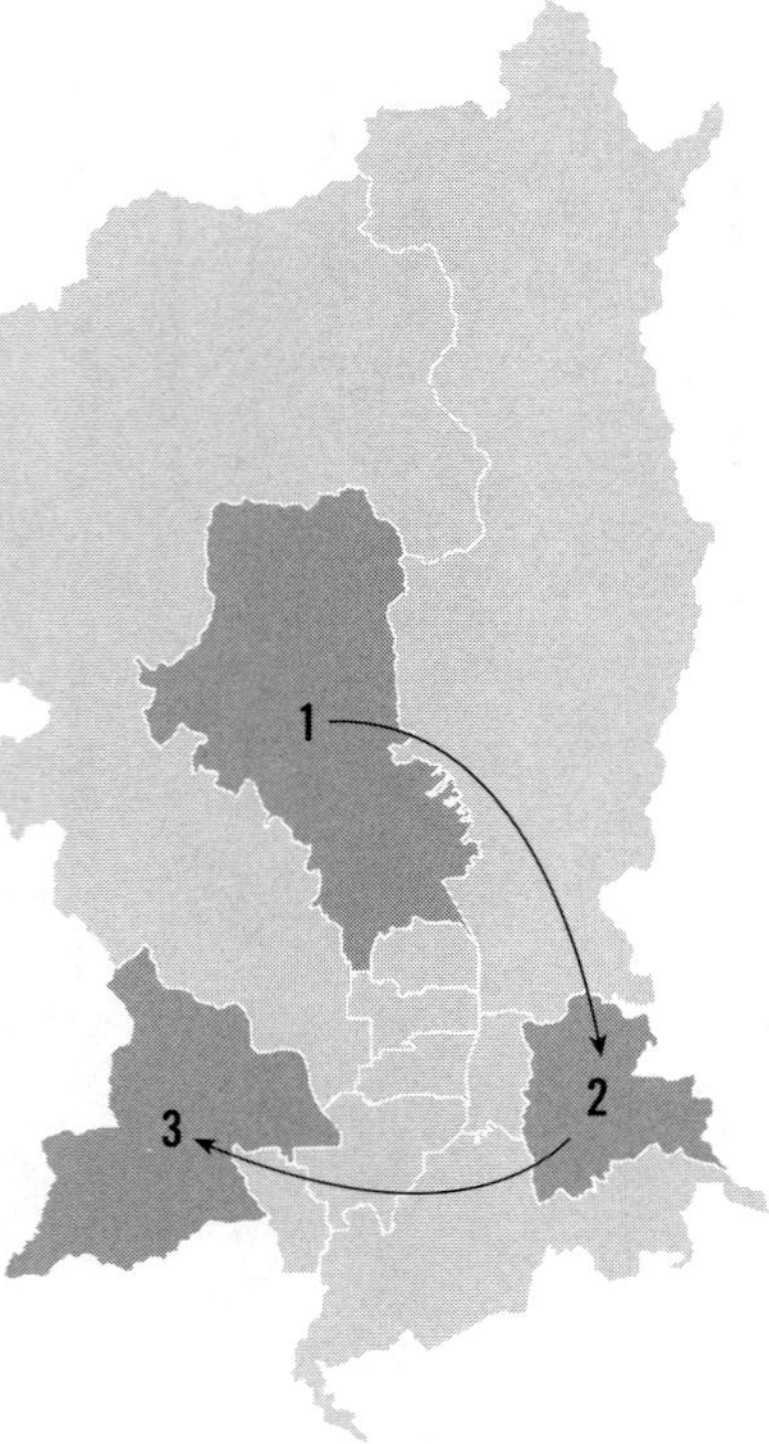

人気のない雑木林。黄昏の中、僕はハンドスコップで穴を掘っていた。

幸いにして土は軟らかく、手を動かした分だけ穴が深く大きくなっていく。

「こんなもんでええよ」

彼女が穴を覗き込んで言う。

「まだいけるけど？」

彼女の手前、強がってみせるが手首と腰は悲鳴を上げていた。日頃勉強しかしていないといざという時に役に立たないものだ。

「ええって。あんま掘っても疲れるだけやし、掘り返すんも一苦労やで」

「そう。じゃあ、埋めるわ」

僕がそう言うと彼女はビニール袋に包まれたボストンバッグを渡してくる。見た目よりはずっしりと重く、僕は狼狽しながら穴の底にそっと降ろす。

深さは充分に足りているようだった。僕は掘り返した土をボストンバッグの上にかけていく。

「こんなもんでええんと違う？」

数分も続けるとすっかり埋まってしまった。彼女は心なしか嬉しそうに土を踏み固めている。

「中身、大丈夫かな？」

僕はずっと気になっていた中身についてそれとなく水を向ける。埋めるまでに訊くチャンスなんていくらでもあったが、「さよなら」されるのが怖くて、どうしても訊けなかった。

「中もビニールで包んでるから大丈夫やって」

彼女はそうはぐらかすと、近くに積もっていた枯れ葉を両手で埋めた穴に向けて飛ばす。まるで水遊びでもしているみたいだ。彼女の気持ちを汲んだ僕が足で枯れ葉をかぶせていくと、程なく埋めた穴は他の場所と見分けがつかなくなった。

これでもうパッと見には何かが埋まってるなんて解らないだろう。

「そんなら、ラクセーヌ行こうか。君も綺麗にせなアカンし」

「らくせーぬ？」

「すぐそこのショッピングセンターや。コーヒー奢るで」

ささやかな報酬だが僕の身体から疲れは消え、心は幸せで満ちた。雑木林から出る道すがら、僕は意を決して彼女に尋ねた。

「ねえ、バッグの中身って何なの？」

「ないしょ」

やはり彼女は笑って誤魔化した。そう言われる気がしていた。

僕が不満そうな顔をしていたためか、彼女はフォローするようにこう付け足した。

「でもな、その内解る日が来るよ」

人生を間違えた。

冷水のシャワーを浴びた瞬間、そんな思いが電流のように駆け巡った。

寝ぼけていた頭が一瞬で目覚めた。俺は叫びたい気持ちを堪《こら》えて浴室を飛び出し、埃の匂いのするタオルで全身を拭く。

忘れていた。ガスなんてとっくに解約していたではないか。

脱ぎ捨てた服を身につける内に徐々に思い出してきた。昨夜、荷物の整理のために実家に戻ってきて、そのままリビングのソファで寝たのだった。何やら気持ちの悪い夢を見た気もするがもう内容を思い出せない。

それにしても……人生を間違えたなんて大袈裟だな。

自分の裡《うち》から出た言い回しに苦笑する。これまでも自分の失敗に頭を抱えたことは何度もあったが、人生なんていうどでかい単位で後悔したことは一度もない。根が楽観的だから一晩か二晩眠れば頭が切り替わるタチなのだ。

「お前は興が乗らんと何でも適当になるなあ。どうせ加倉井《かくらい》家もアンタで終わりやろ」

いつかの母親の小言を思い出す。何か一つのことを悩み抜いたり、考えても仕方のないことを考えたりしないのは俺の美徳なのだが母親はそうは思ってくれなかったようだ。そんな母親も去年他界した。生きていれば風呂を沸かして起こしてくれたろうに。

ガスがないなら、お湯でも沸かして身支度するしかないな。

俺は家に電気ポットがあったことを思い出し、キッチンに向かう。黄ばんだ電気ポットに水を入れていると、ここで暮らしていたという事実を改めて噛み締める。

この家では生まれてから十八歳まで過ごした。大学進学を機に上京してからは年に一度か二度帰れば良い方で、東京で就職して以降はほとんど帰らなくなっていたが、それでも思い出の詰まった場所ではある。

この一帯は今でこそ地価的に悪くない地域ではあるが、両親が越してきた頃には拓《ひら》かれたばかりで何もなかったと聞く。家のすぐ近くもまだ山で、その前には派出所がぽつんとあったらしいが、詰めていた巡査があまりの孤独に耐えかねて拳銃自殺したとかいう話だ。もしかしたら狸ぐらいは銃声を聞いていたかもしれない。

そんな最果てみたいな土地ももう多くの家族が住み、地価も随分上がった。郊外なんて呼んだらバチが当たるような場所だ。開発した鉄道会社としては宝塚のような高級住宅街にし

たかったようだが、そこまで望むのは贅沢というものだろう。

お湯が沸くまで手持ち無沙汰だし、何か腹に入れるか。

そう思って無意識に冷蔵庫に手をかけてふと思い留まる。電気こそ通っているが、冷蔵庫は母親が死んだ時以来そのままだ。妻に「これ、どうするの？」と問われても俺は何も答えられずにただ電気代だけ払って保留することを選択した。そんな俺を妻は軽蔑していたようだった。もしかするとあいつが離婚を決意したのはあのタイミングだったのかもしれない。

いや、現実逃避している場合ではない。俺はこの家を売るために奈良くんだりまでやってきたのだ。

人生を間違えたというのは結婚のことだ。俺は遠からず妻とは離婚することになっている。別居して一年になるし、もう話し合いも済んでおり、お互い結論も変わらない。一人息子と一戸建ては妻に渡すことまでもう決まっている。あとは幾ばくかの生活費と養育費、そしてローンの支払いをどうにかしなくてはならない。息子がストレートに国公立に入ってくれれば多少はマシだろうが、そういう厭らしい期待はあまりしたくない。

今思うと分岐点は妻が郊外の庭付き一戸建てに住みたいと言い出した時だった。あの頃は俺も妻も若かった。通勤時間が片道一時間半弱というのがネックだったが、妻は息子が大きくなったら働きに出ると言っていたし、俺も自分がずっと同じように働けると思っていたの

だ。それでローンを組んでマイホームを買った。

自分の城を持てた喜びがなかったと言えば嘘になる。だが、その気持ちも日々の通勤ですり減っていった。気力と体力は加齢で減っていくのに年々通勤客が増え続け、今では遅延も当たり前になってきている。朝は早いし、ローンのために残業代を稼がなくてはならないので帰りも当然のように遅くなる。自然に家のことは妻任せになり、妻は不満を溜め続けた……まあ、家のことにコミットできなかった俺も悪いが、そうするための余裕を全て会社に注ぎ込まなければ家計がショートするのだから仕方がない。

いっそのこと会社が単身赴任を命じてくれれば妻も夫の不在について諦めがついたように思う。なまじ一緒に住んでいるものだから愛想を尽かす結果になったのだろう。俺が日々の子育ての大変さを想像できないように、妻もまた俺の労働の大変さを想像できない……ただそれだけの話だ。そもそも俺たちが自分の身の丈も知らずに良い生活を望んだのが悪かったに違いない。

もし時間を巻き戻せるならあそこからやり直したい……とは思わない。妻という人間の本性を知ってしまった今となっては遅かれ早かれ同じ結末が待っていた気がする。きっと定年後に不意打ちのように離婚を切り出されるよりはいくらかマシなのだろう。

まあ、何にせよ金が必要だ。だからこの家を売りに出すことにしたわけだが、築五十年の

家がポンと売れる筈《はず》もない。リフォームして住むにも中途半端な古さだし、魅力も足りない。まあ解体されるのだろうが、はたしていくらぐらいの現金が手元に残るだろうか。ローンの残りや子供の学費が丸々埋まれば万々歳だが、そう上手くはいかないだろう。そもそもいつ売れるか、売れるかどうかだって解らないのだ。

先のことを想像している内に、整理がすっかり面倒になってきた。おまけに頑張れば頑張るほど小学校の頃の絵やら賞状やらが出てくる。母親にしてみれば息子の誇らしい瞬間を残しておきたかったのだろうが、自分の現状を思うと情けなくなって涙が滲んでくる。

貴金属の類いは母親が死んだ直後に妻が目を皿のようにしてより分けていたからもうロクなものは残っていないだろう。本だって古本屋に買い取って貰ったところで二束三文にしかなるまい。このまま家を解体して、廃材ごと処分して貰うのが一番いい気がしてきた。

……せめて俺の私物ぐらいは整理しておくか。

俺は二階の自室へ移動する。

高校を卒業してからは実家に寄りつかなかったにもかかわらず、母親は俺の部屋をほぼそのままにしておいてくれた。もしかすると本音では奈良に帰って来て欲しかったのかもしれない。そうしていたらまた違う人生を送っていただろう。

本棚には当時読んでいた本たちが歯欠けで並んでいる。ページはかなり茶色くなっていた

がまだ読めなくもなさそうだ。しかし今更読みたい気持ちにはなれなかった。

本が抜けているのは上京の際に持って行ったからだが、蔵書から何を選んだのかさえもうさっぱり思い出せない。今の家の蔵書は結婚してから買ったものばかりなので、どこかのタイミングで処分してしまったのだろう。時間は愛も情熱も何もかも風化させる。もっと早くに気がついていれば良かった。

本棚を直視できなくなって学習デスクの方を見る。小学校に上がった頃から愛用していた学習デスクには絨毯《じゅうたん》のように埃が積もっていた。流石《さすが》に世話になった相棒のそんな姿を不憫に思い、埃を払おうとしてふと記憶が蘇る。買った当時ニスでつやつやしていた学習デスクを十年あまりで瑕《きず》だらけにしたのははたして誰だったか。

画鋲《がびょう》やコンパスを突き立てた痕跡を直視するのが厭で、俺は埃をそのままにして抽出《ひきだし》を開けることにした。だが手始めに開けた正面の抽出には何も入っていなかった。

はて、母親が捨てたのだろうか。

訝しみながらもサイドの抽出に手をかけるがそこも空。その下もその更に下も、一番下の大きな抽出まで空だった。

そういえば……。

抽出を全て開け終えてようやく思い出した。上京する前日、俺は抽出の中のものを全部集

めて庭で焼いたのだった。火の勢いが強すぎてあわや火事になるところだった記憶も今更のように蘇った。

なんだ、あの時からもう帰らないつもりだったのだ。

両親と過ごすことにうんざりしていたのか、それとも奈良という土地に倦《う》んでいたのか……あるいは関西という土地を忌み嫌っていたのだろうか。本当に呆れるぐらいに忘れている。

私物らしい私物がないのなら、信頼できそうな業者を呼んで荷物を整理して貰おう。金になるものは売り、そうでないものは全部破棄する。それで加倉井家がここにあった痕跡も消える。

いや、まだあった……。

俺はふと、一番下の抽出の更にその下を改めていないことに気がついた。あそこは学習デスクの構造上、死角になるスペースだ。それ故に子供にとっては隠し場所となる。俺も昔は親に見られると都合の悪いものを隠したものだ。

もっとも過去の俺が家を出る時に机の中身を一切合切処分していた以上はここに隠してあったものも例外ではないだろう。俺はさほど期待もせずに抽出の下を確認する。

茶封筒があった。

しかしこんなものをしまった記憶がない。どうせデスクの上の瑕と同じで、見るに堪《た》えないものが入っているに決まっている。開けずに捨ててしまった方が精神衛生上いいだろう。だがこのままでは覚悟のやり場がないのも事実だ。過去と対峙《たいじ》しようと思ったら既にあれもこれも過去の自分の手で処分されていたのだから。

少しぐらいは構わないか……。

茶封筒に手を伸ばすと、ボールペンか何かで「20190312」と書かれていた。俺の文字ではない……と思う。一方で女の文字だが母親のものでもない。

これって、もしや今日の日付じゃないか？

偶然にしても薄気味悪い。俺は落ち着こうとして深く息を吸い込んだが、埃混じりの空気のせいですぐに咳き込む羽目になった。慌てて窓を開けて換気をする。

落ち着け。ただの数字の羅列がたまたま今日の日付と一致しただけだろう。

気を取り直して封筒を傾けると、一枚のポラロイド写真が転がり落ちてきた。

ほお、これは……。

高校生と思しき制服姿の少女が一人で写っていた。構図から考えて自分に向けてシャッターを切ったのだろう。今で言う自撮りというやつだ。

しかしそんな些末な情報はどうでもいい。写真の中の彼女は文句なしに美少女だったから

だ。眺めているだけで動悸が激しくなる。

見れば見るほどこんな可愛い少女と過ごした時間があったなんて信じられない。過去の自分に嫉妬しそうになった。

落ち着け。第一、俺が通っていたのは男子校だ。普通に過ごしていて出会う筈がない。

パッと思いついた可能性は三つ。まず小学校の頃に仲が良かった女子の誰か。地元を歩いていて、ばったり出会って意気投合した……いや、仲の良かった女子なんて片手で数えられるほどしかいなかったが、彼女たちのいずれとも似ていない気がする。

次に塾で出会った可能性。俺が通っていた塾に来るような女子はだいたいあそこかあそこかあそこと相場が決まっているのだが、その割には写真の少女の着ている制服には見覚えがない。第一、こんな子が通っていたらあの塾は男たちの見栄の張り合いでもっとギスギスしていた筈だ。

あとは学園祭だ。正式な学校行事でありながら外部の女子と触れ合える機会なもので、女に餓えている生徒は積極的にナンパをしていた気がする。しかし俺は「わざわざこんなところに来る女なんてロクなもんじゃない」と無関心を貫いていた筈だ。まあ、今から思えば声をかける勇気も気の利いたことを言えるスキルもなかっただけの話なのだが……。

そもそも女性と付き合うようになったのは大学に入ってからだ。世の多くの男性がそうで

あるように、俺も様々に痛い目を見ながら女性と接する術を覚えたのだ。

だからこそ写真の彼女の存在が不気味で仕方がない。もしもこんな美少女が恋人だったとしたら、将来を誓っていてもおかしくはないだろう。しかし実際には交際していた記憶すらない。まさか学生時代の俺が彼女をストーキングしてた筈なんてなかろうが、状況的にそちらの方がありえそうなのが悩ましい。

他に手がかりはないだろうかと封筒を覗いてみると、薄い冊子が一つだけ入っていた。表紙にはポップなロゴの『かんばーらんど』の文字と、時代を感じさせる盛り場の写真が印刷されている。

奥付には「一九八九年三月二〇日発行」とある。どうやら京都の古いミニコミ誌のようだ。

京都……京都か。

高校になってからは週末になると時々県外に遊びに行ったものだ。特にこの辺に住んでいると難波《なんば》に出るのが早いため、好んで大阪に行った。その内、梅田の方にも足を伸ばすようにはなったが、どういうわけか京都方面には足が向かなかった。あの頃はごみごみしてても解りやすい盛り場のある大阪の方が魅力的だったのだろう。実際、男一人で京都に行ったところで行くべき場所なんて思いつきそうにない。

記憶と物証の齟齬《そご》がどうにも気持ち悪い。こうまで思い出せないと、三十年前の自分と今

の自分はもう別の人間であることを否応無しに思い知らされる。

いや、待てよ。なんか京都を回ったことがあったような気もするんだが……。

中年男性が狭い部屋をうろうろするのもみっともなく思えて、俺はベッドに腰を下ろすことにした。湿気たマットレスが俺の体重を粘っこい弾力でもって受け止める。三十年前に使っていたものなのだから捨てればいいのに、それをしないところがあの母親らしい。

……思い出した。

高校二年の三月、いつも通り学校へ行くつもりで電車に乗ったらうっかり寝過ごしたことがあったのだ。座らなくてもすぐに着く距離にもかかわらずシートに座ったのは眠かったのか、それとも席が空いていたのが珍しかったのか……理由はもう思い出せないが、とにかく目を覚ましたら京都駅だった。

一瞬で眠気も消えて、まず駅の構内で公衆電話を探して母親に連絡した。学校をサボったことはおろか遅刻さえしたことがなかったから、事情を説明しながら声が震えたのはよく憶えている。

「どうせテスト返却期間やろ？　そんなら無理して引き返さんでええよ」

だから軽い調子でそう言われてひどく拍子抜けしたのだった。

「先生には通学中に気分が悪くなって家に戻ってきたとでも言っておくから、折角だし京都

を楽しんでおいで。なんならどっかの大学でも見て来たら？」

重ねてそんなことまで言われて、すっかり脱力してしまった。

今思うと母親は俺に京都の大学に進学して欲しかったのだろう。だがそんな言外の意味を汲めなかった俺は降って湧いたような京都観光を楽しむことにしたのだった。

「でも変なところに行って補導されんようにな。学校に連絡が行ったら先生に嘘ついたんがバレるしな」

「解った。じゃあ、夕飯には帰るから」

多分、そんなことを言って電話を切ったと思う。しかしそこから先がひどく曖昧だ。京都のどこかで写真の少女と出会ったのは間違いなさそうだが……そもそも冴えない男子高校生だった俺がどうやって彼女と接点を持てたのか、それすら謎だ。

俺はベッドに大の字になると、煙草を咥《くわ》える。寝煙草なんて褒められたことではないが、マットレスもこれだけ湿気ていれば簡単には燃えやしないだろう。いや、仮にこの寝煙草で家が燃えてしまうことがあっても、整理しなくて済むし、土地の買い手は解体費が安く済んで万々歳だ。

俺は立ち上る紫煙を眺めながら自分の古い記憶を遡っていた。

僕には居場所がない。

成績はそんなに悪くない……と思う。あと一年適当に頑張ればそれなりの私大には入れるだろう。しかし母親は国公立に行って欲しそうだ。そうなると少しばかり博打に出ないといけなくなる。せめて志望学部ぐらい絞れればいいのだが、大学に入って特にやりたいことのない僕にとってはそれすら苦痛なのだった。

その辛い気持ちが縁もゆかりもない京都にやってきてようやく少し軽くなった。

今はひどく心が落ち着いている。京都駅のバス乗り場のベンチに腰掛け、何もしなくてもいい時間を過ごすことができているからだろう。思えば家でも学校でもいつも何かに追い立てられているような気分だった。

できればずっとこうしていたいな……。

勿論、このまま夕方までベンチでぼんやり過ごしていてもいいが、流石に誰かに肩を叩かれる気がする。補導まではいかないにせよ、学校に連絡が行けばまた煩わしいことになる。

僕は重たい腰を上げると、適当に空いてそうなバスを探して乗り込んだ。車内はそこまで混んでおらず、僕は労せずして二人がけ席を一人で使うことができた。

「次は×××〜、×××〜」

案内のテープが次の目的地を告げるが、京都に興味がないせいで地名が頭に入ってこない。そもそも僕は一生生まれた土地で暮らすのだろうか？　それはなんか違う気がする。だけどどこに行きたいという強い気持ちもない。京都も決して悪いところではなさそうだが、今のところは進学先として選ぶ理由が思い浮かばない。

結局、やりたいことがないというのが悪いのだ。目的がないから迷う。ここではないどこかに行かなければならないのに、行くべきところが解らない。しかしそうした僕の悩みは両親や先生たちなんかには決して理解できないだろう。

僕はどうしたらいいんだろう。

「隣ええ？」

いきなり声をかけられて驚いた。そして声の主を見て更に驚く。そこにいたのは制服姿の、掛け値なしの美少女だった。

テレビや雑誌の芸能人はともかく、現実でこれほど綺麗な子を見たことはない。僕が男子校に通っているのもあるかもしれないが、それにしたってちょっと破格だ。あまりのことに春なのに汗が噴き出てきた。

それにしても……バスの中はガラガラとまでは言わないが、他にも空いている席はある。にもかかわらずわざわざ僕の隣に座りたいだなんてどういうことだろうか。

「あ、どうぞ……」

不審には思っても断れなかった。大袈裟かもしれないがこんな素敵な女の子と縁が生まれるのは最初で最後、今が人生の絶頂かもしれないという予感がしたのだ。

「おおきに」

彼女は微笑んで僕の隣に座る。そんな彼女を僕はさりげなく観察する。

おそらく高校生だろうが一年生なら大人びすぎだ。だとすると三年生かもしれない。いや、でも三月のこの時期だと卒業式を終わらせている高校も割とある。だとすると高校二年生の確率が高く……僕と同じ歳かもしれない。

不躾な視線に気がついたのか、彼女は僕に話しかけてきた。ちょっとハスキーで、そして耳に心地よい声。

「何、ウチの顔になんかついてる？」

彼女の顔に不快の色は見えない……と思う。もう後には引けない。僕は意を決して訊ねる。

「あの、どうして僕の隣に座ったんですか？」

「変なこと訊くんやね」

機嫌を損ねているわけではなさそうで、ひとまず安堵した。

「そんで、君はどう考えたわけ？」

　そして僕の話を聞いてくれるようだ。

「すっごい失礼なことを言うんだけど、あなたは電車やバスで厭な目に遭いやすいんじゃないかな」

　だってあなたは可愛いから、という余計な一言は飲み込む。女性の外見を褒めるのは色々とセンシティブだ。少なくとも今はまだ口にするべきじゃない。

「下手に空いてる席に座っても、隣に変な人が座る可能性がある。だったら最初から無害そうな奴の隣を選べばいい。つまり……その無害そうな奴が僕だね」

　僕のしょうもない冗談に、彼女は笑ってくれた。

「面白いけど、そんなに卑屈なこと言わんでもええやんか。なあ、男前さん？」

　褒められたのが嬉しくて、顔が熱くなる。

「からかわないでよ」

「けど、それやったら女の人の隣選ぶと思わへん？」

　そう言われてバス内を見回せば、確かに二人がけの席に一人で座っている女性もいる。途端に的外れな推理を口にした自分が恥ずかしくなった。

「じゃあ、どうして僕の隣に？」

「今日一日どう過ごしていいのか解らない顔してたから」

図星だ。僕は白旗を上げることにした。

「うん。実は京都は全然解らなくてさ。適当なバスに乗ってみたんだ。だからこのバスがどこに行くのかも知らないし、自分がどこに行きたいのかも知らないんだ」

「とっても斬新な暇潰しやね」

僕にはそれが京都風の厭味なのか、それとも本当に感心してくれているのか区別ができなかった。いや、でもこんな風に話しかけてくれてるのは僕に興味があるということなのか？　日頃女の子とこんな風に話すことがないから、会話の機微が読めない。

「もしかして頭ええ学校に通ってる？」

これまで何度も聞いた問いかけだ。ここで過度に謙遜するのは厭味になる。だが即答で「うん。いい学校だよ」と言うのはちょっと余裕がなさすぎる。

「……どうかな。まあ、そんなに悪くない学校だとは思うよ。むさ苦しい男子校だけど」

「またまた。そういう風に謙遜できる時点でもう頭ええよ」

僕はまた顔が熱くなるのを感じた。今度は照れではなく羞恥で。

頭が良いのと成績が良いのは違うし、成績が良いから世の中を我が物顔で渡れるものでもない……そんな当たり前のことに気がついた今となっては、多少いい学校に通ってることなんて大した自慢にもなりやしない。

きっと彼女は頭が良い人間のことは好きだと思う。だけど成績の良さしか取り柄のない人間のことは別に好きじゃない気がする。例えば父親がそうだ。学歴は確かだし、いい会社にも入ってる筈なのに、人生を上手くやれているという感じがしない。というか、年々幻滅していくことが増えた。やがて自分もああなってしまうのだろうかと思うだけで憂鬱になる。漠然とだが、たどり着きたくない未来はいくつかある。しかし父親だってあんな風になりたくてああなったわけではないだろう。

このバスに乗っているのと同じだ。行き先も知らないままどこかに運ばれてしまう。それが厭ならバスを降りればいいのだが、僕にはそんな勇気もない……。

煩悶する僕を彼女は不思議そうな顔で見ていた。内心を見透かされたくなくて、僕はこんなことを訊ねる。

「あなたは学校行かなくてもいいの？」

「あー、ええのええの。どうせ今から行っても遅いし」

まだ十時前だろうに。いや、もし午前中授業の日だったら怒られに学校に行くようなものだから解らなくはないが。

とりあえず制服を着て家は出たが、学校で叱られる気もしなくてサボることを決めたということだろうか。あまり真面目な生徒ではないのだろうが、話していて頭が空っぽという感

じはしない。身だしなみもきっちりしてるし、家庭に深刻な問題を抱えた少女でもなさそうだ。

「それに今日一日をどう過ごしていいのか解らんのはウチも同じやねん。家に居てもしゃあないけど、学校で同級生と一緒に過ごす気持ちにはなられへんねん」

こんなところで自分と同じ孤独を抱えた少女と出会えるなんて。

もうしばらく……いや、もっと長くじっくりと彼女と話していたいと思った。しかし彼女とは初対面だし、どれだけこのバスに乗っているのかも解らない。このままだとこれっきりで終わってしまうことだけは確かだ。それが厭なら誘わなければならない。

そこまで考えた後、僕は折角のチャンスを見送る理由を探していたことに気がついた。彼女にどこかしら欠点を見つけて、「ああ、あんな女を誘わなくて良かった」と思えてしまえればどれだけ楽だろう。

でもこのままバイバイではきっと一生後悔する。

だから僕は精一杯のさりげなさを装って、彼女を誘った。

「じゃあ、今日一日僕と一緒に遊ばない？」

自分の口からこんな言葉が出てきたことに心底驚いた。僕にしては上手く言えた方だと思う。まあ、彼女はきっと聞き慣れているだろうけど……。

「ええよ」

彼女の笑顔を見た瞬間、誇張抜きで人生最大の安堵が訪れた。中学受験の結果を見に行った時だってこんなに緊張したことはない。

そして僕は彼女の名前をまだ知らないことに気がついた。

「あ、自己紹介してなかったね。僕は加倉井仁《ひとし》」

「加倉井くん、ええ名前やね。ウチのことはあすかって呼んで」

きっと僕はこの瞬間を一生忘れないと思う。

気がつけば俺は実家の整理を放り出し、駅に向かうバスに乗っていた。こんな気持ちのままでは片付くものも片付かない……というのは言い訳だが、三十年前に封印した記憶に現在のどん詰まりの現実を解消するヒントがあるかもしれないのだ。

俺は周囲に人目がないことを確認して、彼女の写真を取り出して眺める。すると年甲斐もなく胸が高鳴った。何時間でもこうしていたいぐらいだ。彼女はあすかと名乗った。それが名字なのか名前なのかは解らなかったが、俺はそれを彼女の外見によく似合ったいい名前だと思ったことだけは覚えている。

思えばいつの間にか俺の人生からときめきというやつが消えてしまっていた。大学時代は言わずもがな、妻と付き合っていた社会人の頃にもまだ充分にあった筈だ。あったからこそ結婚して、家を買うなんて向こう見ずなことができたのだと思う。だが散文的な日々に追われる内に消滅してしまい、欠片すら見つけられなくなった。

俺が先に妻への恋愛感情を失ったわけではない、と思う。ただ、愛しい人の興味は生まれた息子とその教育に移っていった。その内、妻が俺の持ち帰る給与の多寡に一喜一憂するようになると、俺の方も彼女への熱が徐々に冷めていった。

俺と同じく、そんな風になってしまった既婚男性を何人も知っている。ある者は職場の新入社員に手をつけて左遷され、ある者はキャバ嬢に入れ込み過ぎて私財の大半を失った。面白いのは場所や相手の違いこそあれ、最終的にはどいつもこいつも楽しくなさそうに不倫を続けていたことだ。一時の快楽に飽きて煩わしさが勝るようになっても、ときめきを求めずにはいられなかったのだろう。

俺がそうならなくて済んだのは、もはや女性に大した期待を抱けなくなったからに過ぎない。ときめきを求め、様々な手を尽くして口説き落としたところで、遅かれ早かれ妻との関係と同じような袋小路に入り込むだけだ。あんな失望は妻一人で充分だ。

結局のところ男も女もなく、歳を食えば食うだけ恋愛に付帯する不純物が増えるというこ

とだろう。そして俺は純度の下がった恋愛を楽しめるようにはできていないのだと思う。

とはいえ恋愛感情がなくなっても妻は家族だし、息子をここまで育ててくれたことにも感謝している。そして息子のことを大事に思っているからこそ、金の工面に奔走しているのだ。

どんなに打算のない出会いであっても、人間が二人居ればそこに利害は生まれる。それは仕方のないことだ。だが一方で、束の間でいいからかつてあった筈のときめきを取り戻したい。今年でもう四十八、そろそろ人生の終わりを意識する歳だ。この先、よほどの幸運に恵まれない限りは大して面白い出来事もなく寿命を終えるだろう。だからこそ、あったかもしれない可能性を確かめずにはいられない。

家を出る前、俺は念入りに身支度をした。服なんて着られればそれでいいと思っていたが、彼女に会う可能性があるのなら話は別だ。父親のクローゼットの中から封を切ってないシャツと一番上等なコートを発掘して身につけると、むさ苦しさがいくらかマシになった気がした。こんなことをしたのも妻と結婚する前までだった。

素人の思いつきの調査で求めるものが得られるとも思ってないが、どうせしばらく実家に滞在する予定だったのだ。一日二日ぐらいなら無駄にしたって構いやしない。まあ、よしんば彼女にたどり着いたところでこれだけ綺麗な少女だ。おそらくはとっくの昔に結婚して家族がいるだろう。変に押しかければ警察沙汰になりかねない。それならそれでキリのいいと

ころで引き上げるまでだ。

勿論、こんなことをしたって一文も得はしないだろう。だから今の俺を突き動かしているのは下らないこだわりだ。しかし俺たちのような中年男性がそれをなくせばたちまち生ける屍だ。むしろこんなこだわりがかろうじて俺たちを人間でいさせてくれているのだ。

バスを降りると、奈良盆地特有の冷え込みが改めて俺を襲う。俺はコートの襟を立てて、改札をくぐった。大和西大寺《やまとさいだいじ》で乗り換えれば京都駅まで一直線だ。

俺はホームに滑り込んできた準急に駆け乗った。


京都まで出て、パッと何かが甦ることを期待したが、そんなことは全くなかった。脳がすっかり錆ついてしまったようだ。

あすかと一緒に過ごした記憶から手がかりを得ようとしたが、記憶そのものからすっかりディテールが失われていることに気がついた。元々曖昧なのもあるが、どこで何をしたかの「どこで」が綺麗に抜け落ちてる。更に言えばあすかにカメラが寄りすぎている感覚だ。彼女と居さえすればどこで何をしても楽しかったということだろうが、いくら何でも京都に興味を持たなすぎた。

確か……どこかのショッピングセンターのような場所で高校生らしいデートを楽しんだ筈だ。そこから辿ってみるのはありかもしれない。

ひとまずそれらしい市内の商業施設を調べてみるがピンと来ない。京都駅の南側にイオンモールがあるようだが、こんなものは俺が奈良にいた頃にはまだなかった筈だ。

俺は苦し紛れにカバンから封筒を取り出す。『かんばーらんど』に何か手がかりがあるかもしれない。

こんなミニコミ誌で何か解る筈もないが……。

だが俺は『かんばーらんど』をパラパラめくる内に一つの矛盾に気がついた。

待てよ。ウチの学校だと学年末テストの返却は確か三月の中旬ぐらいだった筈だ。しかし『かんばーらんど』の奥付は二〇日になっている。その日付だともう終業式の頃合いだ。何故、記憶と食い違ってる？

しかし俺は程なくその答えに辿り着いた。可能性は一つ、一般流通する前に手に入れたからだ。そう思うとどこかのオフィスでこれを受け取った記憶が甦ってきた。本当に都合のいい脳みそだ。

あの時にはあすかも一緒だった筈だ。つまり俺はあすかの紹介で『かんばーらんど』を出している編集部に行ったということになる。

『かんばーらんど』がいつまで発行されていたのかは解らないが、実際に行ってみればもっと何か思い出せそうだ。運が良ければ当時のことを知っている人間に出会えるかもしれない。

奥付によると『かんばーらんど』の編集部が入っていた雑居ビルは北大路駅に程近いところにあるようだった。俺は市営地下鉄に乗り換えるべく、地下への階段を降りた。

「ここで降りよ」

あすかさんにそう言われたら断る理由なんてない。

僕たちは北大路バスターミナルという地下に入った大きなバスターミナルで降りた。

「どこに行くの？」

「ん、あそこ」

彼女が指さした先には『VIVRE』の大きな文字があった。

「ビブレかあ」

ビブレ自体は親に連れられて何度か行ったことがあるから知らなくはない。とはいえショッピングセンターとしてはそこまで物珍しいものではない。学校の通学路にはここより遥か

に大きな商業施設だってある。ここが彼女のチョイスというのは意外だった。何か珍しい店でも入っているというのなら別だけど……。

「そう、ここは北大路ビブレ。ウチはよう来んねん」

「京都にもビブレってあるんだね……」

「そらあるやろ。ウチらかてここに住んで、何か買って暮らしてるねんから」

随分と間抜けなことを口にしたようだ。軽蔑されたかもしれない。

それにしても京都までやって来て、ビブレを訪れているなんてどうかしている。本来は寺社仏閣なり大学なりを見て回るべきなのだろうけど……。

「こんなところ連れてきて不満？」

だけど今、僕の隣にはあすかさんがいる。彼女がいるならどこにいたって最高に決まっている。他の同級生の誰にも味わえない時間を過ごせるのだから。

「ううん。僕こそ気の利いたところにエスコートできなくてごめん」

「エスコートねえ……」

あすかさんは意味ありげに笑うが、なんだか値踏みされているような気がして落ち着かない。今はまだ大丈夫にせよ、彼女を失望させたらそこでデートが終了する可能性を思って背筋が伸びた。

「でも余所《よそ》から来た人が地元の人間よりここに詳しかったらおかしいやん？」

「そりゃ、まあそうだけど……あるじゃん。こう、気持ちの問題として申し訳ないなと」

「そんなこと気にせんでもええのに。真面目やなあ。だったらこんなんはどう？」

彼女の提案で、二人でテイクアウトの安いコーヒーを買ってベンチで飲もうということになった。「ランチにはまだちょっと早いやん？」というのが主な理由だが、おそらくは無駄遣いを避けるという意味合いもあるのだろう。こちらとしても使ってしまってもいいだけの小遣いは手元にあるとはいえ、温存できるならそれにこしたことはない。これから後、どこで何に金を使うのか解らないのだから。

「みんな暇なんかな」

あすかさんの一言で周囲を見回すと、特に目的もなさそうにショッピングセンターをうろついている若者たちが目に付く。それ自体はまあどうでもよいのだけど、特に男たちが隣のあすかさんをチラチラと見ているのが誇らしくもあり、不快でもあった。

「あれも修学旅行生とかかな？」

僕の何気ない一言にあすかさんは盛大に吹き出した。彼女が飲み物を口に含んでいるタイミングでなくて本当に良かったと思う。

「あはは、修学旅行生はこんなとこまで来《き》いへんやろ。大方、授業のない大学生やと思うよ。

この近くに大学あるし」

彼女に教えられてしまった。穴があったら入りたい気分だ。

「そういえば大学生って時間割を自分で決めるんだよね……」

「らしいなあ。ウチ、あんまり知らんけど全部休みにしてもええんかな？」

「流石にそれは駄目でしょ」

だが次の瞬間、僕は震えた。大学生になったら、そうすることですら自由になるのだ。日頃は窮屈なカリキュラムに縛られていると感じているけど、それがなくなったら途端に堕落するのではないか？　まして僕のように目的もない人間なら尚更……。

ほんの数秒かそれとも一分近くか解らないけど、僕の思考はフリーズしていた。我に返ってあすかさんの様子をうかがうと、彼女と目が合った。

「おっ、ようやっと帰ってきた」

どうやらずっと僕を観察していたらしい。僕は消えてしまいたくなった。

「そんなに勉強して、加倉井くんは何になりたいん？」

そう訊かれた途端に僕は固まってしまった。それがまさしく僕の悩みだったからだ。

何か返事をしなければと思うのに何も言えなくて、しまいには彼女の方が焦り始めた。

「あ、勉強してることを馬鹿にしたわけやないよ。ただ、純粋に興味があって」

「いや、あすかさんが謝る必要はないよ。ちょっと上手く答えられそうになくて」

しばらく僕らの間に気まずい沈黙が流れた。これ以上、彼女を退屈させるのは流石にマズい。

「あすかさんはどうするの？」

だから僕は姑息にも質問を質問で返すような真似をして間を持たせることにした。

「ウチ？　んー、ウチはね……ウチもわからへん。加倉井くんと同じやな」

あすかさんは曖昧な表情を僕に向ける。

「加倉井くんは何になりたいのかわからへん言うけど、それでも頑張れてるから偉いやん。ウチなんてなりたいもんがないから頑張る気も起きへんし、毎日退屈でしゃあないもん」

「そうかな。惰性で勉強をしてる僕なんかよりずっと賢そうだよ」

「そら、どうやって死ぬまでの暇を潰そうかって必死で考えてるもん。頭使ってる分、厭でも賢くなるやろ」

あすかさんは笑った。ただの冗談かもしれないが、僕にはなかった視点だった。

「あすかさんは凄いんだね」

「別に凄ないって。口がちょっと上手いだけや」

「僕が高校に上がった頃はね、なんとなくいい大学入ってなんとなくいい会社に行けたらな

って思ってたよ。学校の先生たちもそうするのが僕らの幸せのように説明するし、僕らは僕らでとりあえずそれを信じるしかなかった。実際、勉強はまあ嫌いじゃなかったから頑張れてたんだけど……」

「なんかあったんやね。いじめられたん？」

突然あすかさんが僕の頭をよしよししようとするので、僕は慌てて身体を引いた。勿論撫でて欲しくなかったわけではなく、むしろ逆……ただ、人前でそうされることにはやはり抵抗があった。悲しいまでに男子校育ちなのだ。

「違うよ！　そういうんじゃなくてさ」

あすかさんは特に気分を害した様子でもなく、ただ僕のことをニヤニヤ眺めていた。彼女にしてみればちょっとからかっただけなのだろう。

「今年の学園祭の時に東大に行ったOBが来ててさ。でも東大生なのに全然楽しくなさそうで、おまけに留年してるのに進路未定だって知って……僕が頑張る理由ってなんだろうって」

まるで自分の未来の可能性を見ているようで気持ちが悪かった。父親だって学歴だけはあったことを思うと尚更だ。

「でも、それはただのきっかけと違うん？」

「そうだね。遅かれ早かれそうなってたとは思う。ただそれが最悪の形で来たから面食らっ

てるというか。今まで頑張って見ない振りしてたものを直視してしまった感じかな。このまだと僕もああなる気がするからもう……」

あすかさんは何も言わずにただ僕の顔を見つめていた。それでようやく僕は自分がとんでもないことをしてしまったことに気がつく。

「へ、変な話してごめんね。勉強ばっかりしてたから面白いことも言えないし……せめて変なこと言わないでおこうって思ってたのに」

「ええねんで。聞き出したのはウチやし、そもそも学校サボってるウチに加倉井くんのことどうこう言う資格ないもんな」

「でもこんな話、退屈だっただろ?」

僕があすかさんの顔色をうかがいながら吐いた言葉を、彼女は笑顔で受け止めた。

「ううん。ウチ、全然退屈やなかったよ。もっと沢山聞かせて」

その瞬間、僕の目にあすかさんは聖女のように映った。

京都駅で市営地下鉄に乗り換えて十分余り、俺は北大路駅のホームに降り立った。

奈良からここまで意外と時間がかかったな。おまけに思っていたより料金も高い。

そんなしみったれたことを考えながら改札を抜けて地上に出ると、大きめの商業施設が目に入った。北大路ビブレというショッピングセンターらしい。

なんとなく彼女と来た記憶があるような、ないような……。

三十年前、なんとなくこの辺で時間を潰したような気もするが、さっぱり思い出せない。そもそも俺にとって馴染みがあるのはビブレより、もうとっくになくなってしまったサティの方だ。馬鹿デカいショッピングモールが当たり前になった今では考えられないが、まああの規模のショッピングセンターというのはそれなりにハレの場でもあったのだ。実際、俺が小学生の頃に利用していた近所のサティは決して大きくはなかったというのに全てがあった気がする。

とはいえ床面積をどれだけ増やそうと埋められないものがあるし、その逆もまた然りだ。北大路ビブレからは懐かしい匂いがする。スーパーも併設されているようだし、俺が大学生だったら全ての買い物をここで済ませていたかもしれない。

俺が立ち枯れたように動けないでいると、ビブレへ向かう大学生たちが俺の横を通り抜けていった。あの気の抜けた雰囲気、きっとまだ社会の辛さを知らないのだろう。十年も前なら彼らの無邪気さに腹を立てていたところだが、今となってはもう息子とさほど変わらない年頃の若者にしか見えない。

多分、最後のモラトリアムだ。悔いのないように過ごすんだな。

俺は北大路ビブレに背を向け、目的の雑居ビルを探す。番地を見る限りではここからそう遠くはない筈だ。

思えば高校生の頃は大人になれば勝手にしっかりした人間になれる気がしていた。あれから三十年経って家庭を持ち、子供もできたわけで多少は成熟している。ただ、メンタリティそのものは大学生の頃からそんなに変わっていないのではなかろうか。

敢えて言うなら教師の側に同情できるようになったぐらいだろうか。昔は教師のことを世間知らずだと疑っていた面もあるが、生徒が思うほど教師だって無知ではない。ただ、特段何にだって詳しいわけではない。だが大人であるという理由だけで万能の絶対者として振舞うことを求められるのだから大変で割に合わない仕事だ。

思えばこの歳になっても世間のことなんて三割も解っていない気がする。ただ子供たちが一割以下も世間を知らないからどうにか誤魔化せているに過ぎない。

きっと俺も息子に対しては死ぬまで知ったかぶりして生きるんだろうな。

北大路ビブレから北にたった百メートル、雑居ビルの三階に『きたくタイム』編集部はあった。他の階は普通の事務所っぽく見えるので、名前は変わってしまっても『かんばーらんど』の編集部と何らかの関係があるのではなかろうか。いや、あってくれ。

祈るような思いで俺は『きたくタイム』のインターフォンを押した。

「『かんばーらんど』はとっくにないんですよ」

わざわざ京都くんだりまで足を運んだ俺を待っていたのは残念な知らせだった。

それでも門前払いされず、編集部に迎え入れてくれた分だけ運があったのかもしれない。というか、おそらくは勤務先の名刺が役に立った。こういう時、名前だけは売れてる会社にいて良かったと思う。

「今、ウチで作ってるのはこれですからね」

そう言って渡された冊子には『きたくタイム』とあった。どうやら京都市北区のあれこれについて書かれているようだが、内容があまりにローカル過ぎるのが新鮮で面白い。よそ者の俺にはピンと来ないが、きっとこの辺の住人なら心から楽しめるのだろうなと感じた。

何か思い出した。確かあの時もこの部屋で冊子を受け取って、義理でパラパラ開いた気がする。彼女と、なんかいけ好かない野郎がいたような……。

「往時の『かんばーらんど』に比べたら地味もええとこでしょう？」

「いえ、そんな……」

「そない無理せんでも、当時読んでた私が言うんやから間違いありません。『かんばーらんど』は実際、オモロかったんですよ。そもそも同じミニコミ誌でも『きたくタイム』は目的もターゲットも違いますからなあ」

どうやら俺はこの男から『かんばーらんど』のファンだと思われているようだ。それでいて男も『かんばーらんど』に好意的だ。このまま適当に話を合わせ続ければ求める情報は得られるかもしれないが、やはり保険は必要だろう。

「実は私は奈良の人間なんでそこまでは詳しくないんですよ。同級生が持ってきたのをたまに読んでたぐらいで」

「そうでしょうなあ。内容は京都市内の若者に向けたものでしたけど、よその市や滋賀・奈良・大阪の若者まで夢中で読んでましたから。『かんばーらんど』と言えば特に読者投稿欄も……」

「とにかく、当時を知る方がいて安心しました」

男の言葉を一度切った。俺は『かんばーらんど』の話題から彼女への手がかりを掴みたいのであって、男の思い出話に長く付き合うつもりはない。

だが男はとても残念そうな顔でこんなことを言った。

「いや、私は業界こそ同じですが『かんばーらんど』に関しては部外者ですよ。ファンでは

ありますけどね」

「ええっ」

予想外の返事に厭な予感が胸をよぎった。

「同じ場所に編集部があるから、てっきり後継誌か何かかと……」

「『かんばーらんど』の編集部はとうに潰れてまして。たまたま同じ場所を借りてやってるだけですよ」

「何か問題でもあったんですか？」

「いや、確か当時の沼田さんっていう編集長が事故死したか自殺したかで……」

不穏な気配に俺は小さく震えた。何よりそんな形で過去へのアクセスが途絶えてしまうなんて、こちらとしても不本意だ。

「その話、もう少し詳しく教えていただけませんか」

俺は食い下がる。「はい、ありがとうございました」と言って回れ右で帰ったのではそれこそガキの使いだ。あれから三十年でズルくも汚くもなったのだから、これぐらいのことは恥でもなんでもない。

「その辺のことは私らもまだこの業界にいたわけやないんで又聞きなんですけどね」

男はあまり気が進まない様子ではあったが、俺を追い払うことはしなかった。

「『きたくタイム』編集部は非営利法人……いわゆるNPO法人ってやつですが、『かんばーらんど』は礫塵舎《れきじんしゃ》という会社が発行してまして。で、早い話が礫塵舎が潰れたんですよ。編集長が死んだから礫塵舎が潰れたのか、礫塵舎が潰れたから編集長が死んだのかは私もよう知らんのですが、まあ結果は同じことですな」

会社に勤めるようになって良かったと思うのは他人の人生……特に生計を想像できるようになったことだ。よほどの富豪でもない限りは誰かから金を貰って生きているわけで、それが世間との臍帯《さいたい》となる。世間と切れて生きていける人間なんて少ないし、完全に断ち切られれば死ぬしかない。

『かんばーらんど』がどうやって利益を得ていたのかは知らないが、人気があったというのならさぞかし広告効果もあっただろう。あの時代は今と違って何にでも金払いが良かった。

「誌面が面白くなくなったとか、雑誌そのものの人気がなくなったみたいな前兆はあったんですか？」

「いやいや、少なくとも私にとってはずっと面白かったですよ。今でも当時のバックナンバーとってあるぐらいですし。本当にある日ぷっつり終わって。まあ、だから伝説のミニコミ誌になったわけですが」

「礫塵舎の倒産は厳密にはいつの話ですか？」

「九一年の春か夏か……だいたいそんなもんでしたわ。月一の発行日を楽しみにして店に行っても置いてなくて、不思議に思ってたら倒産したって聞いて……当時は随分とショックでしたなあ」

時期的にはバブル崩壊が始まった頃だ。俺が東京の暮らしにようやく馴染んだ頃でもある。

俺はさりげなく持参した『かんばーらんど』を開いて広告欄を確認してみる。居酒屋にギター屋、ライブハウスなど、なかなかにバラエティに富んでいた。パッと見には広告主は若者向けの店が多い気がするが、それは『かんばーらんど』の主要読者を当て込んだものだろう。

この手の無料冊子が終わるのは広告主がいなくなって採算が取れなくなった時だろう。例えば不景気になったことで徐々に広告主が減り、編集者たちの士気が下がることで誌面がシケ、更に広告主が減るという悪循環の末に潰れる……それなら解る。だが特定の一スポンサーに依存していたわけではないのなら、バブル崩壊即打ち切りというのは妙な話ではないか。

それに九一年の春がバブル崩壊の序章と解ったのは後のことで、その頃はまだ企業の倒産も少なく、好景気に翳りが出たぐらいの雰囲気だったような気もする。

目の前の男がわざわざ時間を割いてまで部外者の俺に嘘をついているとは思わないが、どうにも間尺に合わない。

「まあ、『かんばーらんど』編集部がなくなってからもこのテナントはずっと空いてたんで、

昔を懐かしんだ私の大先輩がここを借りて『きたくタイム』の前身となる冊子を作り始めたというわけです」

「では当時の『かんばーらんど』を知っている方はもうここにはいないというわけですか？」

経緯は解ったがそれだけでは困るのだ。こんなところで捜査が終わったら北大路ビブレで飯を食って帰るしかなくなる。

男は少し考え込んでいたが、ほどなく何かを閃いた様子だった。

「えーと……山科にも『山科くらぶ』というミニコミ誌を発行してる編集部がありましてね。確か、あそこの編集長は『かんばーらんど』の編集にも関わってたって話を聞いた気がします。運が良かったら今日も編集部に居てはるんやないかな……」

「厚かましい申し出なのは重々承知なのですが、お取り次ぎをお願いできますか？」

男は笑顔で頷くと携帯電話を取り出して、どこかに電話をかけ始めた。

「そろそろお腹空かへん？」

あすかさんにそう言われたのは山科という場所に降り立った時だった。北大路ビブレを離れて小一時間、時間的にはそろそろランチタイムだ。

「うん。今なら何でも食べられるぐらいお腹空いてるよ」

「何でもって言われると困るなあ……加倉井くんは何か食べたいもんある？」

「湯葉とかにしんそばが名物って聞いてるけど、なんかそういうの食べたい気分じゃないんだよな……オムライスの店なんてある？　あ、あすかさんが食べられないなら別にいいんだけど」

「オムライスは好きやし、お店も近所にあるけど……ええの？」

「無理して名物を食べようとして微妙な食事になるぐらいだったら、普通に美味しいものを食べた方がいいかなって。厭な思い出にしたくないからね」

あと「名物に美味いものなし」と言うではないか。折角のあすかさんとの食事だ。どうせなら普通に美味しいものがいい。

「加倉井くんがそれでええなら……じゃあ、あそこ」

あすかさんが指さしたのは駅前のビルだった。

「あれは？」

「ラクト山科ショッピングセンター。まあ、山科の人にとっての北大路ビブレみたいなもんかな。あそこのレストラン街にオムライス屋さんあるねんけど、そこでもええ？」

「うん」

近いのはありがたい。彼女と座って話せる時間が増えるのだから。

朝はどうなるかと思ったけど……今の僕は同級生の誰よりも楽しい時間を過ごしているな。

僕はあすかさんと並んで歩き始めた。

『山科くらぶ』編集長の名倉史子《なくらふみこ》は俺を歓待してくれた。

「話は伺ってます。どうぞ奥へ」

簡易なパーティションで区切られたこぢんまりとした応接スペースに通される。俺が所在なげに座っていると彼女自らお茶を運んできてくれた。他にも編集部員はいるようだが、今日は彼女だけのようだ。

俺は話の種を少しでも増やそうと持参した『かんばーらんど』をテーブルの上に置く。すると編集長は覿面《てきめん》に興味を示してくれた。

「あらその号……まだ駆け出しでしたけど私も編集に関わってたんですよ」

しめた。ということは彼女を知っている可能性が高い。

「じゃあ、もしかしたらすれ違ってたかもしれませんね。この本、編集部で貰ったので」

「それにしても『かんばーらんど』の読者さんやなんて懐かしい。礫塵舎が倒産した時は自分が編集長になって地元の山科で雑誌作ってるとは思ってもみませんでしたけどね……」

『きたくタイム』もそうだったが、これほどまでにローカルなミニコミ誌がどのように採算をとっているのか、門外漢の俺には見当もつかない。いや、編集長の余裕を見ると明日も見えないような状況ではないのは確かだが。

「ここまで地域に根ざしたミニコミ誌なんて、私の知らない世界でした」

勿論、俺も初対面の相手に台所事情を尋ねるほど非常識ではないので、賛辞を述べるに留めた。だが編集長は気分を良くしたらしい。

「……今時、雑誌なんてどこも休刊廃刊の嵐でしょう。なんでやと思います？」

彼女にそう問われて、少し自分の頭で考えてみる。

「他に選択肢が増えたのも大きいでしょうね。デートスポットを調べるにしたって昔は雑誌を買うしかなかったですし。それが今や、適当にインターネットで検索するだけでそれなりの情報は手に入りますから」

「それはありますねえ。あともう一つ、雑誌っていうのは場やったんですよ」

「ああ、あの頃は雑誌のそういう欄でバンドメンバーを募集したり、一緒にバイクで走る仲間を探したりしてましたよね」

「文通相手や友達の募集、中には恋人を探す欄もありましたよね」

　今から思うと信じられないかもしれないがそういう時代があったのだ。だが現実の人間関係が濃厚な方でもなかった俺が読者欄で自分と似たようなことを思っている人間を見つけて共感していたのも事実だ。

「でも場という機能はほとんどインターネットに持っていかれたわけで……なるほど、雑誌が衰退するわけですね」

「そう。だからこそ、もっとミクロな単位で作ればええだけの話やったんです」

「といいますと？」

「例えばテレビでその街の名物店主なり変わった素人さんなりを紹介するとして、ちょっとおもろい程度やと電波に乗っけるには微妙やったりするやないですか？」

「確かにそうかもしれませんね」

　テレビの番組内で撮れ高という言葉が普通に使われるようになって久しい。マス受けを考えるとただ面白いだけでは駄目なのは確かだ。

「でも、私らだってご近所さんのことになるとグッとハードルが下がるんですよ。自分の住んでる場所が映るだけで嬉しくなるというか。それを『山科くらぶ』はミニコミ誌という形でやってみたというわけなんですよ」

編集長の話は存外に面白く、余裕さえあればもっと聴いていたかったがそろそろ本題に入らなければならない。

「……地域に根ざした取材をされているなら、この辺のあれこれにも詳しいということですよね？」

「ええ、まあ」

「でしたら、あの当時『かんばーらんど』編集部に出入りしてた女の子に心当たりはありませんか？　こういう子なんですけど……」

俺はおそるおそる例のポラロイド写真を編集長に渡した。女性に別の女性のことを訊ねるのはいつも緊張する。その人が相手のことをどう思っているのか、全然読めないことが多いからだ。

編集長は老眼のためか写真との距離を調節しながら何度か見つめていたが、やがて写真の中の彼女に心当たりがあったようで、少し驚いたような表情を浮かべた。

「この子ならよう知ってます。飛鳥鳥子《あすかとりこ》ですね」

その名前を耳にした瞬間に何とも言えない気持ちが蘇った。どうしてこんな大事な記憶を忘れていたのだろう。間違いなく、彼女の名前だった。

とはいえ、俺の中で彼女はあすかなので、鳥子と呼ぶのはどうにも違和感があった。

「あ、そうです。飛鳥鳥子！　実は彼女とはあの当時たまたま知り合って……ふと今何をしてるのか気になったんですよ。元気にしてたらいいなって」

たった一回しか会ってないことは敢えて伏せておいた。ろくに縁もない女性を探している頭のおかしい中年男性とは思われるのは得策ではない。

「何から話したものか……困りますねえ」

編集長の表情は決して明るいものではなかった。幸いにして俺への嫌悪感のようなものは感じ取れないので話は聞けそうだが、肝心のあすかの現在に関しては期待できなそうだ。

「鳥子は京都じゃちょっとした有名人やったんですよ。と言ってもインターネットもない時代ですから、本当に知る人ぞ知るレベルで留まってたんですけど」

「それは……単に見た目が良かったからって話じゃないですよね？」

編集長は肯《うなず》いた。

「まあ、同性の私から見ても可愛いと思える子でしたからね。でも鳥子には不思議な力があったんですよ。どこまでホンマかは解りませんが、どうも未来が見えたみたいです。編集部で私らは予言者鳥子様って呼んでました」

何かが思い出せそうな気がする。

「未来が見える……というのは具体的にどういう？」

「直接占ってもらったことはないんですが、同僚は念写でなんかの数字を当てられたりしたみたいです」

「念写というのは、ポラロイドカメラを使うやつですか？」

「そうです。あのカメラは鳥子の私物やったみたいですから、もしかしたらこの写真もそれで撮ったんと違いますかね」

そうだ。高校生の俺はポラロイドカメラなんて持っていなかったのだから、そうなるとこの写真は彼女が自分の持ち物で撮った可能性が高い。そんな検討すら頭から抜けていた。

「でもあの見た目なら、テレビ局の取材が殺到したりしなかったんですか？」

「当然、そういう話もあったんですよ。大阪のテレビ局やら新聞社やらがあの子の周囲をウロウロするようになったみたいで。もしかしたら超能力美少女としてお茶の間のアイドルになってたかもしれません」

あの頃はまだ世間でも超能力者という存在が無邪気に肯定されていた。インターネットもなかったわけで、集団で嘘を検証することも難しかった。あの可愛い見た目で超能力者だなんて、Mr. マリックの比でなくブームになっていた筈だ。いや、マリックは超能力者じゃなかったんだっけか……。

「でもそうはならなかったわけですね」

「鳥子の親御さんが欲を掻いた、という噂は聞きました。なんでも『マスコミなんかに儲けさせるぐらいなら、自分らで稼ぐ』言うて予言屋を始めたとか。その内、マスコミ関係のお偉いさんも上客になったとかで、鳥子への取材も綺麗になくなりまして」

なるべく秘密を独占しておきたいと感じた顧客たちが圧力をかけたのかもしれない。その辺の事情は不明だが、商売として成功していたのは事実だったのだろう。

「彼女の能力が本物なら、下手にテレビに出すよりは太い顧客を囲い込んだ方が良かったでしょうね」

「実際、えげつないぐらい儲かったという噂です。予言というよりは未来予知ですからね。まあ、鳥子にしてみたらお茶の間のアイドルになり損ねたという不満ぐらいはあったかもしれません。けど、ご両親から充分なお金を貰《もろ》てたみたいですし」

「それって三万、五万の小遣い銭じゃないですよね？」

編集長は曖昧な表情で首を横に振った。最低でもその辺の会社員の月給ぐらいは貰っていたのだろう。

そう言われてみれば大いに納得できるところがある。彼女が平日に学校をサボって制服で街をうろついていたのは、平凡な同級生たちに混じって勉学に精を出すのを馬鹿馬鹿しく感じていたせいかもしれない。そうでなくてもあの美貌に予言能力だ。自分に接近してくる人

間が男女関係なく下心の塊に見えていたのではなかろうか。

　もしかしたらあすかが俺に声をかけたのは、俺が彼女のことをまったく知らない人間だったからかもしれないな。

「でも実際のところ、『かんばーらんど』がなくなったんも鳥子が原因やったと言えなくもないんですよね」

「と言いますと？」

「さっき言うてた沼田って編集長、鳥子にえらく入れ込んでしまったんですよ」

「それは予言者としてですか？　それとも女性として？」

「両方やと思います。沼田さんの実家は資産家で、鳥子の予言に随分儲けさせて貰ってたみたいですから。恋人にすれば更に安泰やと考えたんでしょう。だから沼田さんはとにかく使えるものは何でも使って彼女の機嫌を取ってましたね。私らの目から見ても編集部の私物化は目に余りました……まあ『かんばーらんど』やってた礫塵舎も沼田さんの実家からの出資に頼ってるところがあったので、私らもあまり強いことは言われへんかったんですが」

　世に出回る前の『かんばーらんど』を部外者である俺に渡したのはあすかにいい顔をしたかったのもあるだろうが、自分の資本力や立場を俺に示すためだったのかもしれない。まあ、肝心の俺はそんなこととは露知らず素直に『かんばーらんど』を受け取っていたわけだが。

しかし思い返してもあすかと沼田の間に恋人関係のような親密さを感じ取ることができなかった。

「でも実際は恋人じゃなかったんですよね」

俺がそう水を向けると編集長は歯を見せて笑った。

「そうなんですよ。肝心の鳥子は脈無しで……まあ、私らからしたら痛快でしたけどね」

「でも脈無しなのにわざわざ編集部まで行ったりしますか？」

「そこはほら、沼田さんの親御さんはお客なわけで、あんまり邪険にしても悪いって思たんと違います？　特別太いお客ってわけでもなさそうな感じではありましたけど。まあ、私らも鳥子のことは可愛がってたんで。未来が見えてるせいか、それとも大人と接しているせいか、歳よりもずっと落ち着いてたというか、下手すると私らなんかよりもずっと大人やったかもしれませんね」

「なるほど……」

編集長の言葉を反芻《はんすう》していて、俺はある矛盾に気がついてしまった。

「あの、ちょっとよろしいでしょうか」

「はい？」

「先ほど訪ねた『きたくタイム』では『かんばーらんど』がなくなったのは礫塵舎の倒産が

原因と伺ったのですが……この認識に間違いはありませんか？」

編集長は苦笑する。

「合《お》うてますよ。実家が事業に失敗したせいで背負った億の借金に絶望した沼田さんが自殺しまして。代表もいなくなって、出資もなくなったとなれば倒産しかありませんわ。実際、あの時は不払いとかで困りましたからね……まあ、ええ勉強になりました」

「時期的にはちょうどバブルの崩壊の始まりぐらいですよね？」

「ええ、まさに。バブル倒産の第一波だったんじゃないですかね」

おおよそそんなところではないかと見当をつけていたが……。

「真偽はともかく、それまで彼女の予言はかなりの精度を誇っていたわけじゃないですか。なのに顧客だった沼田さんの実家は事業に失敗した……彼女の予言は絶対ではなかったということになりますが」

「それは解りません」

「その辺りの事情を彼女から何か聞いてませんか？　いや、何なら訊きに行きたいぐらいなんですが」

編集長はひどく残念そうな表情で俺を見る。営業先の担当者が取引を断る前に浮かべる表情と同じだ。

「それが……鳥子は自殺してしまったんですよ」

編集長から彼女の死を告げられた瞬間、手足を失ったような喪失感に襲われた。

「彼女がもうこの世にいないですって？」

信じられずに問い返す。

「名神高速道路と山科川が交わる辺りに地元の人から山科デルタと呼ばれる三角州があります。鴨川デルタと似たような場所……と言っても伝わらないと思いますが。九一年の春頃、深夜の人目のない時間に外に出た鳥子はデルタで毒物を飲んで自殺を図りました。明朝、散歩で通りかかった人が倒れている鳥子を発見して救急車を呼びましたが既に手遅れでした」

「一体どうして？」

「理由は私にも解りません。予言を外して沢山の顧客を破滅させてしまったことに対する罪滅ぼしだと言う者もいれば、予言の力がなくなったことに絶望したからではないかと言う者もいました。しかしどれも憶測の域を出ません」

「そうですか。彼女に教えて貰いたいことがあったんですが……答え合わせはできそうにありませんね」

「ええ、残念ながら」

編集長が知らないというのなら他を当たるしかあるまい。しかしそうなると、もっと詳しい人物に会わなければならないのだが……。

「ところで彼女のご両親は今どちらに？」

「鳥子のお葬式が済むと逃げるように山科を去りましたね。すぐそこにあった飛鳥写真館も今はもうコンビニになってます」

「そうですか……」

俺と彼女が同世代、そして俺の両親が二人とも他界していることを考えると鳥子の両親が存命かどうかも怪しい。

「せめて会ってお話がしたかったんですが」

「もしかするとお父様の方なら可能かもしれません」

「なんですって？」

一瞬、調査の続行を諦めた。だが可能性が僅かでもあるなら食いついてやる。

「飛鳥夫妻とは引っ越し以降顔を合わせる機会には恵まれませんでしたが、年賀状のやりとりだけは長く続きまして。十年前に奥様が亡くなり、喪を挟んでぱったり途絶えましたがまだご存命かもしれません」

ならば俺が取るべき行動は一つだ。

「その住所を教えて貰うことはできますか？　私は北海道でも沖縄でも行くつもりです」

「それは構いませんけど……引っ越し先も京都ですよ？」

「え？」

「ちょっと待ってて下さい」

そう断って編集長は席を立つ。しばらくして何冊も手帳を抱えて戻ってきた。テーブルに置かれた手帳のページはすっかり変色していた。

「カビ臭くてごめんなさい。ずっとデスクの奥に仕舞い込んでいたので」

「これは？」

「アドレス帳です。いつ役に立つか解らないので、取材で出会った方の連絡先は必ず控えておくんですよ。この中に飛鳥夫妻の連絡先も残っている筈です」

「随分と物持ちがいいんですね。アドレス帳なんて定期的に整理して捨てるものだと思ってました」

お陰で連絡の取れなくなった連中が沢山いるが、それで困ったことはほとんどない。

「勿論、整理はするんですがそれでも捨てられませんね。確かに連絡が絶えてしまった方も沢山おられますが、それでも同じ山科で暮らした仲間じゃないですか。そう思うと簡単には

なかったことにできません」

俺は編集長の言葉にいたく感心していた。

買った家のある土地への関心はすっかり乾いてしまったが、こんな形で自分の住んでいる土地を愛している人がいることに少しだけ感動した。きっとこの人の作る雑誌は温かみに溢れているのだろう。

どうせあの家からは出て行くし、奈良の家も売り払うことになるだろうが、新天地はこういう人がいる場所がいいな。

僕はオムライスを切り崩しながら、何気なく訊ねる。

「ところで山科ってどういうところなの？」

あすかさんは口に入れていたオムライスをはみはみしながら何事かを考えていたが、嚥下すると少しの間を置いてから答えてくれた。

「地元の人間からしたらどう言うたらええんか解らんけど……ええとこやと思うよ。まあ、修学旅行の人たちは河原町とか行くんやろうけど」

「観光名所とか言う以前に、まず人が住んでる場所だよね。落ち着いてていい感じだ」

あすかさんは嬉しそうに肯く。

「そう。そういうことやねんな」

彼女は山科のことが好きなのだろう。だったら迂闊にディスるようなことは口にするべきではない。

「山科ってさ、いいところだよね」

「まだショッピングセンターしか見てへんやん?」

あすかさんは少し意地悪そうな表情でそう訊ねる。「君さえ居ればどこでもいいところだよ」とはとても言えず、僕は口を開きながら答えを考える。

「いや、そうなんだけどさ。僕にしてみたら歴史あるお寺があるから、大きな神社があるからいいところってのは違和感があるんだよね」

「そうなん? まあ山科にもあるにはあるけどなあ」

「僕の住んでるところはニュータウンだし、歴史がそんなにない場所なんだ。歴史があるからいい街なら、僕のホームは無価値ってことになるし」

「えらい卑屈やな」

「でもその代わりショッピングセンターは充実してる。街の生命線でもあるしね。みんなそこで生活用品や衣類を買い、地元の友達とお茶をするんだ。わざわざ遠出しなくてもそこで

完結できるようになってるのが望ましいね」

「なるほど……で、つまりどういうこと？」

話が明後日《あさって》の方向に行く前に、何とか着地点を見つけなくては。

「えーとね、だからこそ僕はショッピングセンターは街を映す鏡なんじゃないかって思うんだ。地元の人たちにとっては最早生活の一部になってるわけで……利用してる地元の人たちが幸せそうなら、きっとその土地はいいところなんだよ」

無理矢理まとめてみた。ふと店内を見回せば客に仲睦まじそうな老夫婦が居て、話も上手いこと着地できたような気もしてる。

「そこまで言ってくれるとビブレ・ラクトと気軽に行けるとこばかり連れ回した甲斐があったわ。ホンマは加倉井くんが京都嫌いになったらどうしようって思ってたんやで？」

名前を呼ばれてそこまで言われると、今すぐ告白しそうになる。でもまだ早い……。

「嫌いになるわけないだろ。むしろ僕のためにそこまでしてくれたことが嬉しいよ」

今はここが精一杯だ。

僕は照れ隠しのためにオムライスの残りをかっこんだ。

「じゃあ、今んとこはええ思い出ってこと？」

「勿論！　オムライスも美味しいしね」

本当はこの店が全国チェーンのオムライス屋ということも知っていたけど、それとは関係なく美味しかった。

編集長から渡されたのは洛西《らくさい》ニュータウンにある団地の住所だった。ここにあすかの父親がまだ暮らしている可能性がある以上、さっさと訪ねればいいのだがいきなりそんな気にはなれず、俺の足は彼女が命を絶ったという山科デルタに向かっていた。

途中、飛鳥写真館があったというコンビニの前を通り過ぎたが、どこにでもあるコンビニにしか見えなくて、少し泣けてきた。あすかが生きていたことを憶えている人間がこの世に何人いるだろうか。ずっと忘れていたにせよ、俺ぐらいは憶えていてやるべきだ。そのためにもできる限り、真相を確かめておきたい。

今となってはあすかがどの程度神がかりだったのかは解らない。もしかするとハッタリだけの自称霊感少女だったのかもしれない。

そういえばポラロイドカメラによる念写は、比較的トリックを仕込みやすいということを物の本で読んだことがある。俺は専門家ではないからその具体的な手口までは解らないが、撮ってから現像されるまでのラグを利用して予言紛いのことができたらしい。

それを踏まえた上で、例えばこんなシナリオはどうだろう。街で写真屋をやっていた飛鳥夫妻には可愛い一人娘がいた。ある時、両親は彼女を予言者に仕立てあげることを思いつく。写真屋だからポラロイドカメラの仕組みは熟知している。トリックのある予言で人々を信用させ、その中で金を持っている人間を相手に商売を始める……。

何せ、俺とあすかが出会った三十年前と言えばバブル経済の真っ只中だ。あの上がり調子の世の中で、ある程度気の利いた資産家なら何をどう投資したところで損をした筈はなかろう。あすかの予言がよほど的外れでない限り、顧客は気前良く金を払ったと思われる。

だからこそバブル崩壊が致命傷になったのかもしれない。顧客に死人を出すほどの損害を与えてしまった以上、もうこの商売を続けることはできない。しかしだからといって普通の女の子に戻ることは周囲が許さなかっただろう。だからあすかは先行きを儚《はかな》んで命を絶つことを選んだ。

……とするのが現実的な解釈だろうが、俺としてはあまり納得がいっていない。彼女がインチキ予言者だとしたら、封筒に記された「20190312」の文字列は天文学的な確率の偶然の一致ということになる。無論、それでも未来予知ができる人間がいるという可能性に比べたら遥かにあり得そうなことではあるが、俺はやはり彼女の力が本物であったことを信じたい。もしかすると今日というこの日に俺があすかの死について調べることも、彼女には

見えていたのかもしれない。

だがそう考えた時、間尺に合わないところが出てくる。あすかに本当に未来が見えていたとしたら、何かしらの危機が迫ったところでいくらでも回避できた筈だ。彼女には自由になる金もあり、彼女の力を信じていた両親もいたのだから。

まるでこの謎を解いてくれと言っているみたいだ。やはり俺ぐらいは彼女の死の真相を知っておくべきではないか。

彼女の未来予知能力が本物だったと仮定して、ざっと思いついたのは二つ。一つはバブル崩壊を予言できなかったのは、あるタイミングで力が失われたから。そのことに絶望して自殺したのではないだろうか。

もう一つは個人の努力では簡単には回避できないぐらいの破滅の大波を見てしまって、それに絶望して死を選んだ可能性。しかしそれほどの破滅というのもなかなか思いつかない。地球規模の天変地異は個人の努力ではどうにもならないかもしれないが、あれから三十年近く経っても世界が滅ぶ気配はない。その破滅の大波をバブル崩壊と解釈することもできなくもないが、それを周囲に訴えていた様子もない。

あまりに荒唐無稽過ぎて俺の脳ではすぐに処理できない。高校時代ならいざ知らず、長い社会人生活ですっかり頭が凝り固まってしまった。

あすかはどの辺で命を絶ったのだろうか。

そんなことを思いながら山科デルタを歩いてみる。山科デルタと大袈裟な名前で呼ばれているが、ただの三角州で決して広くはない。だから歩き回るのも一瞬だ。霊感めいたものであすかの死を感じ取れるかと思ったが、さっぱりだった。

まあ、こんなところに来ても何も変わらないのは解っていたけどな。

寄り道も済んだところで洛西ニュータウンへの行き方を調べようとスマートフォンを取り出そうとした瞬間、何かがフラッシュバックした。

待てよ。俺はこの場所に来たことがあるんじゃないか？

そんな既視感に襲われて周囲を見回す。

そうだ、あの時もここに一人で立って、飛び石を眺めていたような気がする。

勿論、こんな場所は俺一人で来るようなところではない。彼女に連れて来られたのだ。

「ちょっと待っててな」

そうだ。彼女は俺にそう言い残して、しばらくどこかに行ってしまったんだった。時間にして十分か、十五分ぐらいだったと思う。

「お待たせ。じゃあ、行こうか？」

中身のしっかり詰まっていそうなボストンバッグを持って現れた彼女を見て、俺は気をき

かせたつもりで「運ぶよ」とか「持とうか」とか言った筈だ。「ありがと」と渡されたボストンバッグはかなり重かった。

そうだ。俺はそれを彼女と一緒にどこかに運んで……埋めた。

震えが止まらなくなってきた。あの時は何も疑問に思わなかったが、あれは一体なんだったのだ？

俺は堪らない思いでデルタを去ると、先ほどの飛鳥写真館跡に建ったコンビニをタイムを計りながら目指す。あまり急がず、それでいて女子高生ぐらいの歩行速度になるように……。

コンビニの前でタイムを確認するとジャスト五分三十秒だった。間違いない。あの日彼女は一度自宅に戻って、ボストンバッグを回収してきたのだ。俺を山科デルタで待機させたのは初対面の人間に自宅を知られたくなかったからだろう。

あすかは後腐れのない共犯者として俺を選んだのではないか？

オムライスを食べた後はあすかさんに山科駅周辺の名所を徒歩で軽く案内して貰った。

「京都ってもっときらびやかなイメージだったけど、こういうのもいいね」

あすかさんと辿ったコースは絶対に修学旅行では選ばれないようなものだったけど、だからこそ僕にはそれが嬉しかった。こんな経験をできるのは学校でも僕一人だけだ。特にだんじょの水を飲もうとしてあすかさんに笑われながら止められたのも、京都刑務所の広大な壁の前で彼女と一緒に写真を撮ったのも、一生忘れられない記憶になりそうだった。

「どこが一番気に入った？」

再び山科駅前に戻ってきた僕たちはアイスを買って、近くのベンチに並んで座った。三時のおやつにはだいぶ早いが、こういうデートのようなことをするのは楽しい。

「そうだね……やっぱり山科デルタかな」

普通の小さな三角州にそんな名前がついていることがもう素敵なのだ。僕の家の近所にも同じような三角州があるが、名前なんてない。そもそも歴史がないのだからそうなるのは当たり前だ。

「いやいや、大した観光スポットでもないで？　まあ、どうせなら将軍塚とか連れて行ってあげたかったけど、ちょっと時間かかりそうやったからなあ」

「僕は満足してるよ。だって山科デルタってあすかさんのお気に入りなんでしょ？」

あすかさんの表情がほころんだ。

「やっぱ解る？」

「他が割と観光地観光地してたけど、あそこは地元民向けっぽい場所だったから。あ、そういう意味ではラクト山科も良かったよ」

「もー、ウチのお気に入りを褒められると照れるな……」

あすかさんは足をばたばたさせる。その様子がまた何とも言えずに可愛い。

「そういえば加倉井くんは大学どうするの？　地元？　それともどっか別のところ？」

唐突に悩んでいることを訊ねられて面食らう。

「実はまだ迷ってるんだよ。まあ、なんとなく家から通えるいい大学に行けたらいいかなぐらいに思ってたんだけど……」

「けど？」

あすかさんと過ごしたお陰で、朝と違って答えらしきものが見えつつある。

「いっそ京都に住んじゃうのもいいかもしれない。反対されても『ここで大学生活を送るんだ』って突っぱねてさ。だってこんなにいいところだって解ったんだから」

「ええなあ。じゃあ、こっちの大学来れたらまたどっか回ろうな」

身体中が熱くなるのを感じる。

あすかさんとの会話……勘違いでなければ、充分な手応えがある。あとは勉強を頑張るだけでいいじゃないか。

「でも誰が反対してんの？　お父さん？」

「ああ、母親だよ。僕が実家を出たら二度と帰ってこないんじゃないかって心配してるんだ」

「あー、ウチはオトンがうるさいねんな。最近はもうあんまり口もきいてへんけど」

途端に父親の顔を思い出してしまった。たまに家族を気遣う言葉を吐くが、全然魂が籠もっているようには聞こえない。ロボットみたいな人だ。

「……ウチの親父はそういうの全然興味がないから……」

「そうなん？」

「うん。あれもこれも無関心で……何が楽しくて生きてるのか解らないような人だよ」

将来のことなんてほとんど決めていないけれど、少なくとも僕はああならない。それだけは決めていた。

「よし、それじゃこれ食べたら次行こうか」

そう言って彼女はアイスのコーンを齧《かじ》り始めた。僕は彼女が最後の一口まで食べ終わるのを待って、こう訊ねた。

「次ってどこかな？」

「洛西ニュータウン。ちょっと遠いけど、いい場所やで？」

山科駅から京都駅まで出て、そこからバスに乗ることにした。なんとなくだが当時の俺たちもそうやって移動した記憶がある。同じルートを使えば何か思い出すかもしれない。

京都駅でバスを待っていると、ふと父親のことを思い出した。あの人は生涯車を運転せず、バスと電車だけで移動した。

死んだ父親は定年まできっちり勤め上げて結構な退職金を受け取り、同世代に比べて多めの額の年金を貰って暮らしていた。俺はそれを大企業でキャリアを全うできた人間にとっての当然の権利だと思い、自分もいずれ同じようになることを疑っていなかった。だからいい大学を出て、誰でも名前を知っているような大企業に就職した。

今思うと大企業という理由だけで就職したのは完全に間違いだったのだが。

バスがやってきたので中断する。こんなことを考えても仕方がないし、後悔なんてするだけ無駄だと思ってきて生きてきた。今更後悔してみるのも何か違う。

目的地の洛西バスターミナルまでは随分と時間がかかるようだった。別に急ぐ道中ではないにせよ、一人で過ごすには持て余す。

ああ、そうか。二人だから平気だったのか。まして俺は連れて行かれる側、彼女が一緒ならどこでも良かったのだろうな。

桂川を超えてしばらくすると、何かが変わった気がした。車窓の外に目を向ければ区画がやけに人工的で、何もなかった場所を新たに拓いて造った街特有の雰囲気が漂っていた。昔、仕事で通ったつくばにもちょっと似ている。

そうか。そろそろ洛西ニュータウンに着くのだな。

若い頃はニュータウンなんて歴史のないところだと思って馬鹿にしていた。だが家を買い、ローンを払うようになった今なら解る。住処を定めるということは人生を賭けた大博打なのだ。何もないように見えても、人々の祈りに満ちている。

やがてバスは洛西バスターミナルに到着する。バスを降りた瞬間、記憶が一度に甦った。

そう、俺は三十年前にここに降り立った。そして帰りは暗い中、心細い思いでバスを待ちながら一人で帰った。それに何より、このラクセーヌ！

ラクセーヌ、この洛西ニュータウンの住人の生活を支える大きなショッピングセンターだ。ビブレ北大路もラクト山科もよく思い出せなかったが、このラクセーヌには間違いなく足を踏み入れている。

俺ははやる心を抑えながらラクセーヌの周囲を歩き回る。昭和から続いているスーパー特有の懐かしい雰囲気に心が安らいだ。

ふと彼女の写真を取り出してみる。雰囲気はすっかり変わってしまっているが、店の外の

どこかで撮ったのは確かだ。俺は写真を右手に店外を壁伝いに歩いた。

ここでもない……いや、もっとむこうか。

やがてある場所で俺の足は止まる。なんとなく予感があって写真を手に構えて、撮影ポイントを絞り込む。何度か向きを変えていると、やがて写真とその向こうが完全に一致した。

違いは彼女がいないことぐらいだ。

ああ、彼女は間違いなくこの場所で撮ったのだ。そして俺に渡してくれた。

俺は決して涙腺が緩い方ではないのだが、一度は手放した思い出の欠片を摑めたと思った瞬間、安堵の涙が滲んだ。

「大丈夫ですか？」

俺を心配してくれたのか、近くのベンチに座っていた老婦人が声をかけてくれた。

「いえ、とても懐かしい気持ちになったもので」

俺は涙をそっと袖で拭う。いいきっかけだ。この老婦人から話を聞くか。

「ところで……失礼ですがこちらにはいつからお住まいですか？」

「もう三十年以上は住んでる思います。長男は一緒に暮らそうとしつこく言うてますが、私はこの土地が気に入っているんで」

「ではもしかするとここですれ違っていたかもしれませんね」

俺がそう言うと老婦人はにっこりと笑う。

「袖触れ合うも多生の縁と言いますしね」

「実は高校生の頃、この辺でタイムカプセルを埋めた記憶があるんですが、場所がさっぱり思い出せなくて。いや、今更掘り起こせるとも思わないんですが、どの辺りに埋めたかだけでも知りたいんですよ」

「ここらも三十年でよう変わりしましたからなあ」

「でも埋める場所には困らなかった気がするんですよ」

「当時は空き地でも今は上に何かできてるかもしれませんな」

「いや、どこかの林だったと思いますが……この近くで心当たりはありませんか？」

俺と彼女が人目を避けていたのは確かだ。なら公園のように開けた場所ではなく、林で穴を掘っていたのだと思う。

「この一帯は竹林も多いですから……竹は地面に細かく根を張っているから掘りにくいんと違いますか？」

「なるほど……」

竹の根に手を焼いた記憶はないが、仮にボストンバッグを竹林に埋めていたとしたら数年以内に地下から生えてきた竹によって地上に押し上げられていた筈だ。ならば既に地域住民

に発見されている可能性はある。

「ところでタイムカプセルとは関係ありませんが……ここ三十年で何か変なものが掘り出されたというニュースはありませんでしたか？」

「いいえ。都会だとたまに戦争中の不発弾とか出てきますが、ここやとそんなものはないですね。まあ、それだけ安全なところやってことですけどね」

ボストンバッグは未だ人知れず埋まっているか、それとも何者かが掘り起こしたか……。

「そうですか。いや、変なことをお訊ねして申し訳ありませんでした」

「どういたしまして」

俺は老婦人に別れを告げ、店の外に出る。昔はニュータウンの良さなんてさっぱり解らなかったが、どうせ住むならあんな優しい人が住んでいる土地が良かった。

……もしかすると俺が家を買ったあの場所だって、こういう良さがあったのかもしれない。

俺はずっと自分が選んだ土地でちゃんと生きるということに真剣になれなかった。ずっと他人事でいたら土地にも妻子にも愛想を尽かされた。本当に何もかも、手からこぼれ落ちてから価値に気がつくのだ。

いや、反省するのに遅すぎるということはないか。だからこそ新しい生活を始めるためにも気持ちの悪い過去に整理をつけなければ。

突然吹いた風の冷たさに俺は首を竦《すく》めた。もう日が傾き始めている。さっさと目的を果たさないとマズい。

俺は名倉編集長から教えて貰った飛鳥始《はじめ》の住所を再度確認する。ラクセーヌからすぐ近くの団地だ。

彼女がボストンバッグをラクセーヌの傍に埋め、その近所に彼女の父親が住んでいる。これは決して偶然ではない気がする。少なくとも何か知っている筈だ。

俺は気合いを入れるために自分の頰を叩くと、団地棟へと歩き始めた。

飛鳥始が住んでいる団地はひときわ古ぼけていた。俺はおそるおそる階段を上って部屋の前まで行くと、そっとインターフォンを押した。

「……どちらさんですか？」

出てきたのはひどく狷介《けんかい》な目をした老人だった。返答次第では追い返されかねない。

俺は名刺を差し出しつつ、老人の顔色を窺いながら言葉を選ぶ。

「私は加倉井という者ですが、鳥子さんの導きでここに……と言ったら信じていただけますか？」

勿論、冗談めかしたニュアンスは一切含めなかった。老人は何かを納得したように首を縦に振ると、俺を中に招き入れた。

男の一人暮らしにしては物がなく、驚くほど片づいていた。勝手な推測だが、おそらくはいつ亡くなってもいいようにしているのではなかろうか。

いや、これから離婚する俺も他人事ではないのだが。

俺は茶の間に通される。決して広くはない部屋に大きな仏壇を置いているせいで、妙な圧迫感があった。

「どうぞ」

そう言って置かれた小さな湯飲みには濃緑の液体が湯気を立てていた。猫舌気味の俺はおそるおそる口をつける。

……美味いな。

馬鹿舌な俺でも解るほど良い茶葉だった。開封して長く経って劣化しているという感じもしない。暮らし向きは決して裕福そうには見えないが、心底困窮しているというわけでもなさそうだ。

湯飲みを置いて、室内の様子を窺う。仏壇には始の妻のものと見られる写真と、そしてあすかの写真があった。写真の中の始の妻は還暦過ぎに見える。十年前に亡くなったというの

ならそんなものだろう。一方で写真の中のあすかの姿は俺の手元にあるものとさほど変わらないようだった。

「ええ写真でしょう？　どっちもワシが撮ったんですよ」

「あ、はい」

「昔は真面目に街の写真屋をやってましてね。撮影の腕ならその辺のカメラマンにも負けないと自負してましたが……まあ、後ろ足で砂を引っかけて出て行くような真似したワシにはもうあの世界に戻る資格はありませんわな」

写真屋をやめて予言屋を始めたことを言っているのだろう。

「ここにたどり着くまでに当時のことを知っている人から色々と事情を伺いました。飛鳥さんが一家で予言屋をやっていたことも知っています」

「ワシにとっては捨てた過去ですけどな。世間様はなかなか忘れてくれんようで」

始は苦笑する。彼の過去には可能な限り、柔らかく触れる必要がありそうだ。

「こんなこと改めて訊くんも変な話ですが……鳥子とはどういったご関係で？」

「彼女とは三十年前、京都で一度会ったきりです」

「ほう？　てっきりボーイフレンドか何かだと……」

「だったら良かったんですけどね」

俺は苦笑いをしながら、カバンから『かんばーらんど』が入っていた封筒を取り出す。

「今朝、実家の整理をしていたらこの封筒が出てきまして。この数字、読めますか？」

老人は老眼鏡をかけて、封筒を手に取った。

「今日の日付ですな。しかも鳥子の筆跡」

「私が今日実家の整理をしていたのはたまたまです。何気なく取り出したら今日の日付が書かれていたもので……運命じみたものを感じて思わず京都まで出てきてしまいました。無論、今日一日で全てが解るとも思ってませんが、真実が解るなら二日三日……なんなら一週間かかっても構いません。こちらの方に滞在します」

「運命ねえ……」

老人の声は俺を疑っているようにも聞こえた。追い返される前にもう一つの証拠を出すしかない。

「あと、これを」

俺は彼女の写真を渡す。すると老人は写真を見て目を細めた。

「ああ、ホンマに懐かしい。ワシがやったカメラで撮ったやつでしょうな」

その話しぶりで、俺はようやく気がついた。

「これを撮ったカメラ、もしかしてお宅の売り物だったんですか？」

「ええ、鳥子が欲しがりましてな。写真屋は廃業しましたし、フィルムも倉庫に余ってましたからな。こんなもんで鳥子の機嫌が取れるなら安いもんやと。それが回り回って他人様との縁になるとは……」

老人の顔のあちこちには深いシワが刻まれており、表情を読み取る上のノイズになっていた。だから今の彼は俺の目に喜んでいるようにも、悲しんでいるようにも見えた。

「私は鳥子さんが何らかの不思議な力を持っていたのは疑いようのないことだと思ってます」

でなければたった一日でこうもトントン拍子に調査が進むわけがない。とはいえ、俺の中の理性が「予言なんて馬鹿なことがあるか」と反発しているのも事実だ。

「その上でお訊ねしたいのですが……鳥子さんの予言というのは本物だったのですか？」

「それはどういう意味ですかな？」

「鳥子さんはポラロイドカメラによる念写を得意にしていたと聞きました。しかしポラロイドカメラの念写には細工の余地がいくらでもあったのは今となっては常識です。そして飛鳥さんは写真の現像に関してはプロでしたね？」

俺の言葉に老人は曖昧な笑顔で応じる。

「トリックについてはまあ否定しませんよ。フィルムにどう手を加えたらええか、ワシらほ

ど詳しい人間もいないでしょうからな。半信半疑の人間ほど、念写でコロッと参りましたね。あの頃、Mr. マリックのハンドパワーが流行っていたのも追い風になりました」

そういえばあの当時、同級生がハンドパワーを真似していた。社会現象の一つだったのは間違いない。

「では鳥子さんの予言は嘘だったと？」

老人は首をゆっくり横に振った。

「いいえ。本物でしたよ。信じられへんかもしれませんが」

「では何故、念写なんてインチキに頼る必要が？」

「予言ってやつは何時何分何秒にこうなる、って指定せえへんのが普通でしょう。だからこそ人はインチキ占い師の適当な言葉がたまたま当たった時、『この人は本物かもしれへん』と思い込む」

「理屈は解ります」

「しかし逆もまた然りですわ。心のどこかで信じたいと思ってへんと意味がないんですわ。ハナから嘘と決めてかかるような連中に鳥子の力をインチキ呼ばわりされるのもアホらしくて、念写を利用するようになりました。手っ取り早く予言力を示すにはあれがええんですよ。いわば摑みですな」

「あくまで予言の力は本物だと？」

「ええ。念写の仕込みも面倒でしたし、お客さんがつくようになってからはそないな小細工に頼らんでもええようになりましたな。念写をやらんようになって、あのカメラは鳥子の愛用品になったってわけです」

鳥子の能力の真贋はともかく、始たちは本物だと信じていたらしい。原理は解らずとも結果を出していたわけだから信じるしかなかったのだろう。

「ワシら、あの頃はホンマに儲かってたんです。夜は接待と称してお客さんと祇園で飲んでそのまま五条楽園で朝まで……どう考えてもおかしなってましたな」

「あの、五条楽園というのは？」

「遊郭ですわ。手入れがあったせいで、今はもうやってませんがね」

色街というやつだ。法律的な問題で新規に増えることはなかったが、それでも男の欲望が簡単に消えるわけもなく、どこも細々とやっていた。だが、ああいう場所はある時を境に急激に消えていった。五条楽園もそうした流れに呑み込まれた過去の一つなのだろう。

「こういう言い方するのは失礼かもしれませんが、それでよく家庭が維持できましたね」

風俗通いが家族にバレて家庭が冷え切ってしまった同僚を何人か知っている。昔の方が大らかだったという話は聞くが、それにしたって変わらないものもあるだろう。

「妻は妻で金に溺れてましたからな。海外旅行へ行っては高いもんようさん買うてきて……お互い後ろめたさを覚えつつも、出元が同じ金を使うということで結びついとったわけです」

なんとなく想像する。真面目さが取り柄の写真屋夫婦がある日、突然娘の才能を金に換えることを思いつく。そして成功した二人は文字通り降って湧いたような金で、娘を売り物にしているという罪悪感を麻痺させるために馬鹿な遊びを繰り返した……そんなところではなかろうか。

「でも肝心の鳥子はそんなワシらをいつしか冷めた目で見るようになってました。ワシらは鳥子に見限られたくなくて、結構な金を渡して好きにさせてましたわ」

「学校をサボっていたのも黙認していたわけですか？」

「ええ。自分らが鳥子の稼いだ金で好き放題やってるという後ろめたさもありましたしね。しかし今思うと過干渉ってやつは鬱陶しいもんでしょうが、無干渉の方が遥かにタチが悪いですな。あれで鳥子はワシらを心底どうでもええと思うようになったんでしょうな」

「……この歳になったからこそ解ります。私にも息子がいますから。子供からの軽蔑が一番キツいです」

思えばここ数年、息子とちゃんと親子らしい会話をしたことがない。息子が何を勉強したいのか、そもそも何を好きなのかすらロクに把握していない。元より母親べったりの息子だ。

下手に関わろうとして嫌われるよりはと一歩引いて接してきたが、それが良くなかった気がしている。

しかし今更どうすればいいのやら。いや、今更なんて気持ちが良くないのだろう。帰ったらせめて息子との関係ぐらいは修復してみようか。

「もっともすぎて何にも言えません。だけどあの頃のワシらはそんな当たり前のことすら解らんようになってたんですよ」

飛鳥家は崩壊しかけていたが、それでも彼女が予言をしていた内はなんとか続いていたようだ。となるとやはり、気になるのは彼女が予言を外した時のことだ。

「そういえば礫塵舎の倒産は鳥子さんが予言を外したためだと聞きましたが……本当なのでしょうか？」

「……今思うと鳥子は予言屋を辞めたくなってたんでしょうなあ」

「それは未来予知の力が失われてしまったからとか、そういうことではなく？」

始はゆっくりと、しかし強く首を横に振る。

「力に翳りはなかったと思います。ただ、自分の能力でワシらがおかしくなっていくのが厭やったんでしょうなあ。今やから解ることですけど」

「では、どうして彼女は予言を外したのでしょうか？」

「あれはワシらへの当てつけでしょうな。最悪のタイミングをずっと待っていたとしか思えません」

「当てつけで家族を破滅させたと？」

「子供の軽蔑というやつは理屈じゃないんです。まして鳥子は最初から死ぬつもりだったんですから」

どうやらこの老人は彼女が予言を外したことと彼女が死を選んだ理由まで承知しているようだ。俺は居住まいを正して老人の話に耳を傾ける。

「予言が外れた後の始末のことと、鳥子が死んだ時の話をしましょうか。ワシらはお客さんには『予言はあくまで予言に過ぎないから結果に責任は持てない』と断りを入れてました。大損したお客さんたちはワシらのことを恨んでたでしょうが、どうしようもないと解っていて泣き寝入りした人が大多数でしたね。相談料として結構なお代こそいただいてましたが、投資行為はあくまでお客さんの判断でしたから」

「まあ、それなら司法に訴えても仕方が無いですからね」

例えば高配当を謳って出資させていたのならともかく、あくまで表向きは相談なのだから詐欺も何もない。占い師が詐欺罪で捕まるのは顧客から千万、億単位の金を直接引き出して着服したケースが圧倒的に多かった気がする。

「ところがお客さんの中にそのスジの方もおりましてな。落とし前をつけるように迫ってきたんですわ」

「ああ、あっちの人間なら司法なんかに訴えなくても、自分たちで制裁を加えられますからね」

「今思えばどこかでワシらの財産を切り取るタイミングを見計らってたんでしょうな。あるいは別のところでも大損して、それを早急に詰める必要に迫られていたか……」

反社会的組織に関わった段階でロクでもない結末が待っていた筈だ。当時の飛鳥夫妻はそれが解らないほど目が曇っていたのだろう。

「お陰で色んなものを手放す羽目になりました。自宅を処分し、残ってた資産もほとんど献上して、ようやく許して貰いました。まあ、むこうさんはもっと絞れた筈だと踏んでたようで、埋め合わせの額に不満があったそうですがね」

「それで許されたんですか？」

「飛鳥家中を散々調べて隠し財産がないことを確かめてましたし、何よりワシらの放蕩三昧はむこうも承知していましたからね。あれもこれも持っていかれて、手元には雀の涙ほどの金しか残りませんでしたわ。まあ、借金を背負わされなかっただけマシでしたな。あの時代、保険金で負債を清算する羽目になった人間も仰山《ぎょうさん》いましたし」

老人は楽しそうに笑う。この老人にとって、バブルの狂乱から生還したことは武勇伝になっているのかもしれない。あるいはそう思わなければやってこられなかったのか。

「僅かな元手を握りしめて、ほうほうの体《てい》でこの洛西地区に引っ越したんですわ」

「失礼ですが、それからどのように生計を？」

「夫婦ともども長くやれる良い仕事を、と思っていたのですが簡単には見つからず。何もせずにいたら苦しくなる一方なので、日雇いや短期の仕事をその都度その都度やってました。下手すれば一晩で飛ぶような金を稼ぐために一ヶ月働くのは、なかなか辛かったですね」

思わず俺は真顔になった。いきなり世間に放り出された中年男の市場価値なんてないに等しいし、いくらでも買い叩かれる。俺だって他人事ではない。

「青息吐息で暮らしていたところ、ある日鳥子から手紙が届きました。自分が死んだら発送されるようにしていたようです」

「鳥子さんの生前に引っ越し先を決めていた……というわけではありませんよね？」

「まさか。ワシらがここに流れてきたのもただのなりゆきですよ。相談のしようがありませんわ」

これも疑えばキリが無いが、俺が今ここに導かれた時点で信じてもいい気がした。

「それで手紙の内容というのは？」

「まず手紙が届く時には自分はもうこの世にいないであろうという前置きがあり、バブル経済が終わっている筈だと書かれてました。そして団地の近所の竹林にあるものを埋めたから掘り返すようにとの指示が」

　きっと俺が埋めたあれだ。

　口の中から水分が一気に引いた。何かを話すのも辛いぐらいの乾きだ。俺は茶を冷ましながら口内を湿らせる。

「流石に迷いました。何せワシらを破滅させたのは鳥子です。変なものを掘り出して、塀の中に入る羽目になったらどうしようと。まあ、結局は妻の説得に負けて掘り返しに行きましたよ。監視されている可能性を警戒しながら、深夜の二時頃にこっそりと団地を抜け出し、手紙に記された場所へ行く……ワシの人生であれほどの緊張はなかったですね」

「埋まっていたのはボストンバッグでしたか？」

「ほう……」

　老人は様子を見るようにとぼけていた。

「埋めるのを手伝ったのは私です。厳密な場所までは思い出せないのですが、この近辺まで鳥子さんに連れて来られた記憶があります」

「大蛇《おおへび》ケ池公園の周辺の竹林、とだけ言っておきましょうか。まあ、この団地から出てすぐ

そこですよ」

「赤ん坊のミイラ、とかじゃないですよね？」

つい最悪の想像を口にしてしまった。叩き出されることを覚悟したが、老人は少し愉快そうに笑った。

「あの不良娘がどこかで子供を作って、死なせてしまったから埋めたと？　ははは、ありえませんな。いくらウチの家族がバラバラやったと言っても、娘の変化にそこまで無関心ではありませんよ。妊娠すればすぐに解ります。それにむしろ孫のミイラやったらどれだけ気が楽やったか……」

どうやら気分を害したわけではなさそうだ。

「いえ、妙なことを口にして申し訳ありません。私は中身のことは一切知らないんです。ただ手伝っただけで」

「ああ、なるほど。道理で中身が残っていたわけですか。鳥子は土地勘がない相手を見繕ったんですな」

老人は俺が埋めたことを認めてくれたようだ。

「私は長らくボストンバッグのことを忘れて暮らしてきました。それがつい先ほど思い出してしまってからはもう気になって仕方が無いんです。あの中には何が入っていたんですか？」

ここまで来て訊かずに帰れる筈がなかった。たとえ老人に教えてくれる気がなくとも、直《ちょく》截《せつ》に疑問をぶつけるしかない。それにこの過去は呑み込み直すにはあまりに大きくなりすぎた。

「……そこの箱、開けてくれますか？」

老人が指した先には何の変哲もないミカン箱があった。俺は言われるがままにミカン箱に手をかけた。

「えっ？」

中身を見て思わず声が漏れた。箱の中には沢山の帯付きの万札が無造作に投げ込まれていたからだ。万札も福沢諭吉の肖像こそ同じだが、なんだか馴染みのないデザインだ。

「ちゃんと数えたわけやないですけど、まだ二千万ぐらいはありますかな。これでも随分と減ったんですよ」

「もしかして、ボストンバッグの中身というのは」

「ええ。一億にはいくらか足りませんでしたが、八千万か九千万はあったように思えます」

俺は安堵しつつ、あのボストンバッグの重みを思い出して震える。社会人になってからそれだけの大金を手にしたことはない。もしかしてあの日は人生でもっともついていたのかもしれない。

「このお金は一体どこから？」

「まあ、ヤクザ者いうんは人の懐具合を見定めるプロですな。思ったよりもワシらから取れへんかったということは正しかったんですよ。おそらく鳥子はバブル崩壊を見越して、家の金をこっそり抜いてたようです」

それにしても多すぎるとは思ったが彼女なら競馬も宝くじも思うがまま、それでも足りなかったら占いの個人営業でもすればいいだけの話だ。手段はどうあれ彼女は両親のために大金を用意し、そして後腐れのない運び屋として俺に白羽の矢を立てたということか。

だがまたしても俺は妙なことに気がつく。

「あの、大変失礼なのですが……億に近い現金があれば、生活を立て直すことは可能だったのではありませんか？」

「いつまでもこんなところで暮らしてるのがおかしいということですな？」

「いや、その……どこか新天地でまた写真屋でもやるという選択肢もあったのではないかと」

慌てて取り繕う。老人はそんな俺の様子を見て笑った。

「喉から手が出るほど金が欲しかったのは確かです。しかしいざ手にするととても困ったんですよ。金を派手に使えばハゲタカのような連中がたちまちワシらをついばみに来るでしょうからな。ああいう手合いは執念深く追いかけてきますからな」

「どこかに引っ越して店を始めるなんてもっての外ですね」

「だからと言って働かんと暮らしてたら怪しまれます。おまけに楽な仕事には見つかりませんでした。一財産ありながら、それを自由に使うことが許されへん日々……バブルで散々遊び歩いたワシらにしたら拷問みたいなもんでしたな」

覚醒剤中毒を治療するとその過程で禁断症状に耐える羽目になるというが、この夫婦が味わった苦しみはまさにそれだろう。考えようによっては貧乏よりも辛い。

「流石に当時のことを恨んでいる人間もいなくなったんじゃありませんか？　仮にあなた方夫婦を疑っていた人間がいたとして、三十年も監視しているとは思えませんし……」

「仰る通りです。まあ、今更使ったところで誰も見てやしないでしょうが……駄目なんですよ。最早、身体が贅沢を受け付けんというか……せいぜいラクセーヌでええ惣菜買うぐらいですよ。それにしたってもうそんなには食べられはしません。まるで懲役刑ですわ」

この老人は娘を失い、娘が遺した金を受け取った瞬間から残りの人生が全て余生になってしまったのだろう。

「でもお金を隠したのはあなた方のためだったのでは？」

「鳥子ってのは顔は可愛いし、愛嬌もあったから誰からも好かれました。亡くなった今でも自慢の娘です。しかしあれは性格がひねたところもありましてな。逆鱗に触れたら許してく

れないんですよ」

天使のような彼女にそんな一面があったとは。いや、そんな筈が……。

そう思った瞬間、頭が痛んだ。何か思い出せそうなのに引っかかって出てこない。まるで脳が思い出すことを拒否しているようだ。

「……そういえば鳥子さんの自殺の理由をまだうかがってませんでした」

「話が脱線してしまいましたな。鳥子の死の理由、あなたはどう思われますか？」

「その……例えばヤクザ者たちに乱暴をされて、それを苦にして自殺した可能性はありますか？」

「いや、ワシが知ってる範囲ではそういうことはありませんでした。勿論、ウチに追い込みをかけた連中からそうした脅しがあったのは事実です。だからこそ店や土地を手放すと誓ってでも許しを請うたわけでして。まあ、結局は財産の整理中に鳥子は逝きましたがね。鳥子の死は覚悟してましたが、これほど早いとは思っていなかったんですよ」

「それはどういう意味でしょうか」

老人は一度茶をゆっくりとすすり、間を空けて答えた。

「鳥子は難病でしてな。ホンマは三十ぐらいで亡くなる筈やったんですよ」

「え？」

「自分が死ぬ未来も見ていたんでしょうな。少なくとも鳥子はそう信じていたようでした。鳥子の力が本物であることはワシらも知ってますから、当然信じましたよ」

歳の割に大人っぽいと感じたのはもしかしたら自分の死を知っていたからかもしれない。

「予言屋を始めたんも本当は鳥子のためでしたんや。治療法の開発を医療界に働きかけ、完成した暁には真っ先に治療を受けられるようにする……そのためには業界のお偉いさんを抱き込まんと話が始まりませんし、上手く治療法が見つかったとしてもどのみち金はかかりますからな」

「しかし、そうはならなかった……」

「ええ、残念ながら。ある日、鳥子は諦めたんです。何をどうやっても鳥子の存命中には治療法が開発できへんことが解ったようで……そこからはどこか投げやりになりました。家族の前では『ウチ、飽きたら死ぬから』と口癖のように言うてました。ワシらが本来の目的を見失って遊び始めたのもその頃ですわ」

娘の命を救う筈だったコネクションと金が行き場を失ったわけだ。

「でもおかしくありませんか？　未来が見えるということは、未来を変えられるということでもあるのでは？」

「鳥子に言わせれば世界にとっては些末だからいくらでも変えられる出来事と、重要だから

こそ絶対に変えられない出来事があるという話でした」

「しかし本来三十ぐらいで亡くなる筈の鳥子さんが十年近く早く亡くなったのは未来が変わったと見るべきなのでは？」

「ですから、それも鳥子が早死にする運命を変えられへんかったというだけの話なんですわ。この世界にとっては鳥子が二十で死のうが三十で死のうが誤差ってことなんでしょう」

「そんな……あれだけの力がありながら自分の運命を変えられなかったなんて」

これだけ話を聞いても、あの日出会った飛鳥鳥子という少女の内心がさっぱり見えてこなかった。大金を埋めるための男手が必要で俺に声にかけただけかもしれないが、あの時の彼女は捨て鉢なようには決して見えなかったからだ。それに、その内死ぬと決めている者があんなに魅力的に振る舞えるだろうか？

「だからあの力はきっと鳥子の死の運命が決まった時、鳥子を不憫に思うた神さんが鳥子に授けたもんやと思います」

きっとこの老人の中ではこれが真実なのだろう。今更彼女に真実を確かめることなんてできやしないし、余計な追求で老人の思い出まで壊すわけにはいかない。

「ご家庭の立ち入った事情に踏み込んでしまって申し訳ありません」

最早聞くべきことは全て聞いた。あとはもう俺が俺の中で答えを出す段階なのだろう。人

生の疑問に都合の良いタイミングで答え合わせが来ることは滅多にない。むしろいつもどうしようもないタイミングでそれはやってくる。

だからこそせめて、その時が早く来るよう自分から迎えに行くしかない。

「では私はそろそろ……」

「そういえば」

老人が俺の言葉を遮った。まるで俺をまだ縛り付けるようなタイミングで発せられたその声、俺は何か厭なものを感じた。

「あの金、あなたが埋めたんでしたな」

「ええ、そうですが」

老人は立ち上がってミカン箱から札束を摑み出すと、その辺に転がっていた紙袋に放り込んだ。

「かなり減ってしまいましたが、このぐらいはあなたにも権利があるでしょう」

そう言って見せられた袋の中には一千万円ぐらいの札束が入っていた。

俺は慌てて固辞する。

「こんなお金、受け取るわけにはいきません」

「これは鳥子がワシらのために残した命銭《いのちぜに》ですわ。この残額がそのままワシの寿命でしょう。

鳥子が間違うわけありませんからな。ワシの知ってる鳥子はそこまで未来が読めたんですよ」

「しかしこれを受け取ってしまえば、飛鳥さんの余命が減るということになりますよね？　だったら尚更受け取れません」

「今日明日にでも死にたい思てるわけやないですが、さりとて十年二十年と生きたい気持ちもありません。しかしこの金ときたらちっとも減らないんですわ。ほとんど呪いみたいなもんです。哀れな老人を救うと思って、さあ」

非課税の一千万が欲しくないと言えば嘘になる。この一千万さえあれば当面の心配事からは解放されるのだから……。

「それでも受け取る理由が私には……」

勿論、やせ我慢だ。それでもこの金を受け取ってしまえば、ここまで大事にしてきた意地や見栄を捨てることになる。一千万と引き換えにただの醜い中年男になるのだ。

「ほう、他に理由があれば良いのですな？」

だが老人には諦めた様子はなかった。

「……失礼ですが、加倉井さんはお金に困っておられるのではありませんか？」

「どうしてそう思われるんですか？」

「こんな平日に当てもなく鳥子のことを調べるなんて、まともな勤め人のすることとやないで

すよ。それに二日三日、あるいは一週間かかってもいいと仰いましたが、そんな融通が利く職場が今の日本のどこにありますか？」

老人はそう言って卓上の名刺に視線を這わせる。どうやらこの老人には見破られたようだ。

「実は三月末で会社を退職するんですよ。今は有休消化期間でして……」

俺は一度興味を失うと、とことん無関心になる。こういうのを興が外れると言うのだろうか。

頭の出来にはそれなりに自信があったから、入社後にプログラマーとしての教育を受けてぐんぐんと伸びた。自分の書いたコードが様々なシステムを動かしていると思うと楽しく、それで俺はますます仕事にのめり込んだ。

プログラミングに興味を失ったのは管理職になったからだ。どこの会社もそうなのかもしれないが、管理職になると客や部下とどう上手くやっていくかということがメインのタスクになる。コードを書くことはないし、部下の作ったプログラムの一行一行まで把握する必要もなくなる。

所詮、コーディングなんて現場の下の人間がやることだ。そう思った瞬間から俺はＩＴ技

術に興味を失った。注文の多い客に甘い顔をし、不満を抱えた部下たちをなだめすかして十年以上やってきた。

だが一昨年に大きな転機があった。

俺はその頃、外部の保守業務の責任者だった。無論、保守の作業なんて部下がやることだ。俺の仕事はただ客と雑談するだけだった。

「ファイル交換ソフトってやつ、加倉井さんはあれどう思います？」

客のそんな何気ない一言に俺は何も考えずに相づちを打った。

「ああ、流行ってるみたいですね。よく知りませんけど」

その一言で俺は降格させられた。余所のシステムを預かっている人間にあるまじき発言とのことだ。興味がなくなったものに復讐されると知ったのはこの時だった。

以来、俺は現場をたらい回しにされるようになった。だが管理職に最適化された人間がその地位を失ったのだから、他にできることなんて何もなかった。

結局、技術者が技術を軽んじてはいけなかったのだ。しかし後悔しても後の祭りだった。

そんな中、会社の業績が悪化し、希望退職者を募り始めた。俺は一も二もなく、そこに飛びついた。よりよき将来のために早期退職を選んだと言えば聞こえはいいが、実のところ肩を叩かれる前に自分で手を挙げただけの話だ。

とはいえ、退職金もたかが知れている。余生を憂いなく過ごすには全然足りない額だ。

「やはりワシの見立ては正しかったようですな」

老人は俺の目を真っ直ぐに見つめながらそう言う。

「お恥ずかしい話です」

「しかし、その歳で裸一貫で出直すいうんは大変ではありませんか？」

この分では再就職先が決まっていないこともお見通しなのだろう。

実家の敷地が坪四十万円で約六十坪だから売れたら二千四百万ぐらいか。だが今すぐ買い手がつくとは限らないし、売れても税金でいくらか取られる。そんな売れるかどうか解らない家よりも、目の前の一千万に頼るべきだ。

「ですが、今すぐに生活に困るわけではありません。そんな謂われのないお金を受け取るわけには……」

やはり見栄が邪魔をする。だが懐事情を見透かされていると思うと、強く断れなくなってきた。

「あなたが一番格好つけたい相手である鳥子ももうこの世におりません。死人は死人、だけどワシらは生きていかなあかん。都合悪いもんは忘れたらいいんですわ」

「しかし……」

「ではこういうことにしたらどうでしょう。このお金は借用書なしでお貸しします。加倉井さんが再就職されて不要になったり、あるいは他にお金のアテができたら、その時にお返しいただくということで」

この老人は見栄の剝がし方が上手い。同じ男性だからか、それとも見栄っぱりの客を沢山見てきたからか。

俺は葛藤の末、金に手を伸ばした。

「そんならお元気で」

老人が別れ際に覗かせた笑顔が引っかかった。あれは娘の知り合いに会えた喜びというか……なんだか同類を哀れむようなものだ。だが哀れまれる理由に心当たりがない。

一千万か……。

俺は紙袋が頼りなく思えて、すぐに自分のカバンに仕舞い込んだ。当座の資金繰りのことを考えなくてもよくなった筈なのに、気持ちは少しも晴れなかった。

俺はまた気合いを入れ直すために頰を叩く。

いや、これから再就職して実家を売り、一千万をあの老人に返さねばならないのだ。明日

からまた頑張ろう。

洛西バスターミナルまで行ったが、京都駅行きのバスが来るまではしばらくかかりそうだった。

コーヒーでも飲んで時間を潰すか。

俺はラクセーヌに入り、コーヒーショップでブラックを頼む。そして空いている席に腰を下ろした。店内には他に高校生らしいカップルが一組いるきりだ。

それにしてもこの虚無感……ずっと忘れていたとはいえ、自分の大事な思い出をたったの一千万で売り飛ばしてしまったような気持ちだ。息子の学費のことがなければ固辞できていたとは思うが……。

「はい。また会いに来てね」

唐突に彼女のそんな言葉がフラッシュバックした。

思い出した。三十年前のあの時もラクセーヌでコーヒーを飲んだ。外が暗かった記憶があるから、おそらくはボストンバッグを埋めた帰りだろう。

よくよく思い出してみれば「はい。また会いに来てね」と言う際に、この封筒に例の数字を書いて渡したのだ。俺はそれを電話番号と勘違いし、ろくに確認もせずに仕舞い込んでしまった……。

だが妙な話ではないか。俺にとってあすかとの出会いが本当に大切だったのなら、何故机のあんな場所にしまい込んでいたのだろうか？

母親の目が気になった？　あるかもしれない。だがそれなら例えば『かんばーらんど』にでも挟み込んでしまえばいいだけの話で、下手をすれば二度と出てこないかもしれない場所に投げ込んでおく必要はない。

あんな魅力的な少女を電話番号違いぐらいで諦めるだろうか。少なくとも彼女と一緒に回った場所を訪ねて、また会える可能性に賭けるのが普通ではないか……。

だが俺には高三になって京都に行った記憶はない。それどころか以降、自ら進んで京都という土地に足を運ばなくなった。俺にとって京都という土地は奈良に帰る際に利用する新幹線の乗り換え駅に過ぎなかった。

こうまで京都を避けていたのは、彼女との間に忘れてしまいたいような何かがあったからではないか？

先ほど思い出したように、三十年前俺はここから一人でバスに乗って帰った。つまり何か気まずいことがあって、別々に帰ることになった……。

思い返してみれば俺は気まずい別れを経験した意中の女性や、あるいは元恋人のゆかりの品を処分できなかった……間違いなくそういう癖《へき》がある。きっと高校の時もそうだった筈だ。

だが俺と彼女の間に一体何があった？　それがどうしても思い出せない……。

考え過ぎて頭痛がしてきた。カフェインで頭痛がマシになってくれればいいと思いながら、俺はコーヒーを口に含む。だが一向に頭痛は消えない。

深いため息を吐き出して、何気なく高校生らしいカップルの方を見る。すると驚きのあまり、コーヒーを取り落としそうになった。

そんな馬鹿な……俺はタイムスリップしてしまったのか？

視線の先には昔の俺と彼女が楽しそうに談笑していた。

「加倉井くん、時間は大丈夫？」

「ああ、まだ平気だよ。多分ね」

僕は内心冷や汗をかいていた。門限が刻一刻と近づいていたからだ。

今、席を立ってバス停に向かえば余裕で間に合う筈だ。だが次のバスを逃すと門限には確実に遅れる。一方でタクシーを使うなら財布の中身を気にしながら乗るのは避けたい。

別れの時間が迫っているのは解っている。所詮、僕たちは偶然出会っただけの男女だ。ここでさよならしたらもうそれっきりだろう。

だからこそ、これ以上の関係を築きたいのなら勇気を振り絞って一歩を踏み出すべきなのだ。

「あの、あすかさん……」

「なぁに、加倉井くん？」

あすかさんは微笑みかけてくれた。すると変なことを切り出して困らせたくないという思いが湧いてくる。

「いや、その……今日はありがとうね。僕一人じゃ絶対に来ないようなところばかり案内してくれて……とても楽しかった」

勝負を避けて、当たり障りのない言葉で誤魔化す。

いや、これじゃ駄目だろ。ちゃんと連絡先を交換しないと。

「ビブレもラクトも、ラクセーヌも楽しかったよ」

「それはお世辞やろ。加倉井くんはもっと大きな店知ってるっぽいしなあ……」

「大きさじゃないよ。その店がどこにあって、誰と一緒にいるかが大事なんだよ！」

「……加倉井くん、声大きい」

唇に指を当てたあすかさんに注意される。

「あ、ごめん……」

どうにも心が焦っている。落ち着いて正解を射貫かないと。

そんな僕の内心を知ってか知らずか、あすかさんは僕に意味深な表情でこう問いかけてきた。

「ねえ、加倉井くん。ここ、どう思う?」

「ここって……ラクセーヌのこと?」

「ラクセーヌもそうだけど、ここら辺一帯のこと。京都の人じゃない加倉井くんの目から見て、どうなのかなって」

これはきっと最終試験だ。上手く答えられれば次がある。

「そうだね……」

僕は彼女の問いにこれまでに受けたどんなテストよりも真剣に向き合った。

少女の方の顔は店内のオブジェに隠れてよく見えない。でも少年の方はどう見ても俺にそっくりだった。

二人の会話に耳を傾けていたが、叫び出しそうな思いで一杯だった。

そうだ。完全に思い出した……俺は答えを間違えたのだ。

俺はあの時、彼女から「この土地はどう？」みたいなことを訊ねられた。俺はよく考えずに「でもニュータウンだし、何もないよね。それより君も東京に行ったらもっといいことが沢山あるよ。そうだ、一緒に上京しようか？」と答えたのだった。

あの時の彼女の軽蔑と怒りが入り交じったような表情ときたら……思い出しただけでも背筋が凍る。

今なら解る。誰かが住んでる限り、必ず土地には生活がある。そして皆、自分たちの住んでいる場所を少しでも良くしようと懸命に生きているのだ。それを何もないだなんて……そんな筈がないだろう。

昔の俺を殴りつけたくなってきた。いくら無関心でも言っていいことと悪いことがある。彼女が気分を害したのは当然だ。

彼女は俺としばらく当たり障りのない会話をした後、封筒に『20190312』という数字を書いて寄越したのだった。そこから俺は一緒に帰れる雰囲気ではないと悟って一人で帰った。

そして彼女にフォローの電話を入れようとしても繋がらず、それでいて写真も『かんばーらんど』も捨てるに捨てられず、あんな場所に封印した……。

「ねえ、加倉井くん。ここ、どう思う？」

「ここって……ラクセーヌのこと？」

そんな二人の会話が聞こえてきて、俺の心臓は早鐘を打った。

俺が過去にタイムスリップしたのか、それともあの二人が現代にタイムスリップしてきたのか……どちらにせよ、ここであの二人に干渉することができれば過去は変わるかもしれない。

「ラクセーヌもそうだけど、ここら辺一帯のこと。京都の人じゃない加倉井くんの目から見て、どうなのかなって」

「そうだね……」

天が、運命が、俺にやり直すチャンスをくれているのかもしれない。ならば、動くべきは今だ。

俺は立ち上がると、二人の会話に割り込んだ。

「ちょっと待った」

過去の俺が失言する前に邪魔しておこうと思ったのだ。他にいい案が思いつかなかったが、二人にしてみれば俺は見知らぬ中年男性だ。咎められたところで俺にダメージはない……。

「なんでこんなところにいるんだよ？」

少年から投げかけられたその一言で全身が冷たくなった。どうして気がつかなかったのだ。

最悪の終わりを覚悟しながら、俺は少年の名前を呼んだ。

「仁……」

一年ぶりに顔を見る息子はなんだか他人のようで、俺はどんな風に声をかけていいか解らなかった。

「奇遇だな」

こんな時に偶然を装うなんて、不審者丸出しではないか。いや、偶然なのは間違いないのだが……。

「会社辞めるから暇だからって、何もこんなところまで……」

俺はどうにかして誤解を解きたい。だが三十年前に出会った少女の導きで出会ったと言っても、仁が信じてくれる訳もない。

「そうか、修学旅行か……」

たった今、思い出した。仁の学校では高三になる直前の春に修学旅行に行くと聞いていた。しかしまさかこんなところで出くわすとは。

「とぼけるなよ。いつから後をつけてたんだ？　ラクトからか？　それともビブレからか？」

「いや、たまたまラクセーヌに用事があって……高校生の頃にここに来たことがあって」

本当のことを口にしているのに、何を言っても嘘臭くなる。

どうにかフォローしなくては。

「いや、しかし本当に偶然だな。父さん、ビブレもラクトも高校生の頃に行ったことがあるぞ」

「嘘つき……」

少女の口からそんな言葉が放たれて、ようやく彼女の顔を見る。だが名前こそ同じあすかだったが、少女は飛鳥鳥子とは似ても似つかない容貌をしていた。彼女の顔に浮かんでいるのは軽蔑……いや、不審の表情か。まあ、脈絡も無く知らない中年男性が声をかけてきたのならこうなる。

「いや、嘘じゃないよ」

「ビブレもラクトも平成入ってからできたとこやで。ええ加減に話合わせせんといて！」

そう言われて、俺はようやく自分の無関心さに腹が立った。あの当時、北大路ビブレもラクト山科も利用していただろうとなんとなく思っていたが、何のことはない。都合良く記憶を改ざんしていた。

そうだ、この無頓着さが全ての元凶ではないか。

「……もう帰るわ。じゃあね」

彼女は仁にそう告げるとそそくさと帰り支度をして席を立った。その様子からは一刻も早

く関係を断ちたいという強い気持ちが伝わってきた。俺への不審が閾値《いきち》を超えたのだろう。

「あすかさん、誤解だよ。これは親父が勝手に……」

だが仁のフォローもむなしく、彼女は店を出て行った。

「待ってよ、あすかさん」

「ついてきたら、人呼ぶから……」

静かだかはっきりとした拒絶。彼女の言葉で仁は地面に縫い止められたように動けなくなった。仁の気持ちが解るだけに、慰めの言葉が見つからなかった。

「……本名もまだ聞いてなかったんだぞ」

彼女の背中が見えなくなってから、仁が憎しみを込めた声でそう言った。

「お前、修学旅行中だろ？　団体を抜け出してナンパなんてしてたら……」

妻からは仁が学校で孤立していると聞いていた。しかし修学旅行に来てまでそうとは思ってもみなかった。

「今日は自由行動なんだよ。彼女に連絡先聞いてから別れるだけの余裕はあったのに、どうしてくれるんだよ！」

見れば目には涙が滲んでいた。少なくとも仁の方は真剣で、欠片でも茶化してはいけなかったのだ。何もかもが裏目裏目だ。

どうにか機嫌を直して貰わないと……。

そう思った時、俺はカバンの中の一千万の存在を思い出した。

「なあ、仁。それより学費のアテができたんだ。私学でも医学部でも、心配せずにどこでも好きなところを受けるといい」

だが仁は俺を睨みつけた。親に向けていい形相ではない。よかれと思ってかけた言葉が火に油を注いだようだ。

「……奨学金で大学に通う。アンタの金なんか頼るかよ。だから二度と顔を見せるな！」

仁はそう叫ぶと、凄い勢いで店を飛び出していった。一瞬、追いかけようと思ったが、おそらくどこまでも逃げる気がして、俺はただただ立ち尽くすしかなかった。

折角、仁のためを思って金を受け取ったのにこれでは無意味ではないか。こんなことだったら、金なんて受け取るべきではなかった。

だが、今から老人に金を返しに行ったところで金を受け取ったという事実が消えるわけではない。俺はこのしくじりを生涯引き摺ることになるだろう。

そしてようやく解った。これこそがあすかの意趣返しだったのだ。

飛鳥夫妻への仕打ちといい、あすかは自分の気に障った人間に制裁を加えずにはいられないのだろう。それもなるべく最悪の形で。

二〇一九年の三月一二日、俺がどんな状況に身を置いているかを見た上で、俺に自分のやらかしたことを自覚させ、なおかつ一番ダメージが残るストーリーを描いた……その制裁がなされる時に自分は死んでいるにせよ、相手が最悪の制裁を受けるという事実を知っているのだから溜飲が下がった筈だ。

それにしても……修学旅行先で仁が出会った少女があすかという名前だったのは偶然にせよ、彼女がこの破局《カタストロフィ》を導けたというのなら、もうこれは未来予知なんてもんじゃない。なるほど、ここまで見えたのに自分が助からないということだけは解っていたのだから絶望するだろう。あすかの中に嗜虐的な気持ちが巣くってもある意味では仕方がないが、俺はあの皮一枚に惑わされていたということになる。

そもそもビブレやラクトのような場所で一緒に過ごしたというありもしない思い出に浸っていた時点で、俺の記憶はどうかしていたのだ。しかし都合の良い記憶であっても、調べなければ最高の思い出のままだったのに……。

自らの無関心が招いた事態とはいえ、人生の最後の輝きに思えた青春の記憶も、大事な一人息子からの信頼も一遍に失って……こんな京の外れで一人残されて、俺はどうすればいいのだろう。

俺は目的を失ったまま、夜の京都を彷徨い始めた。

虫たちの日ぐれ

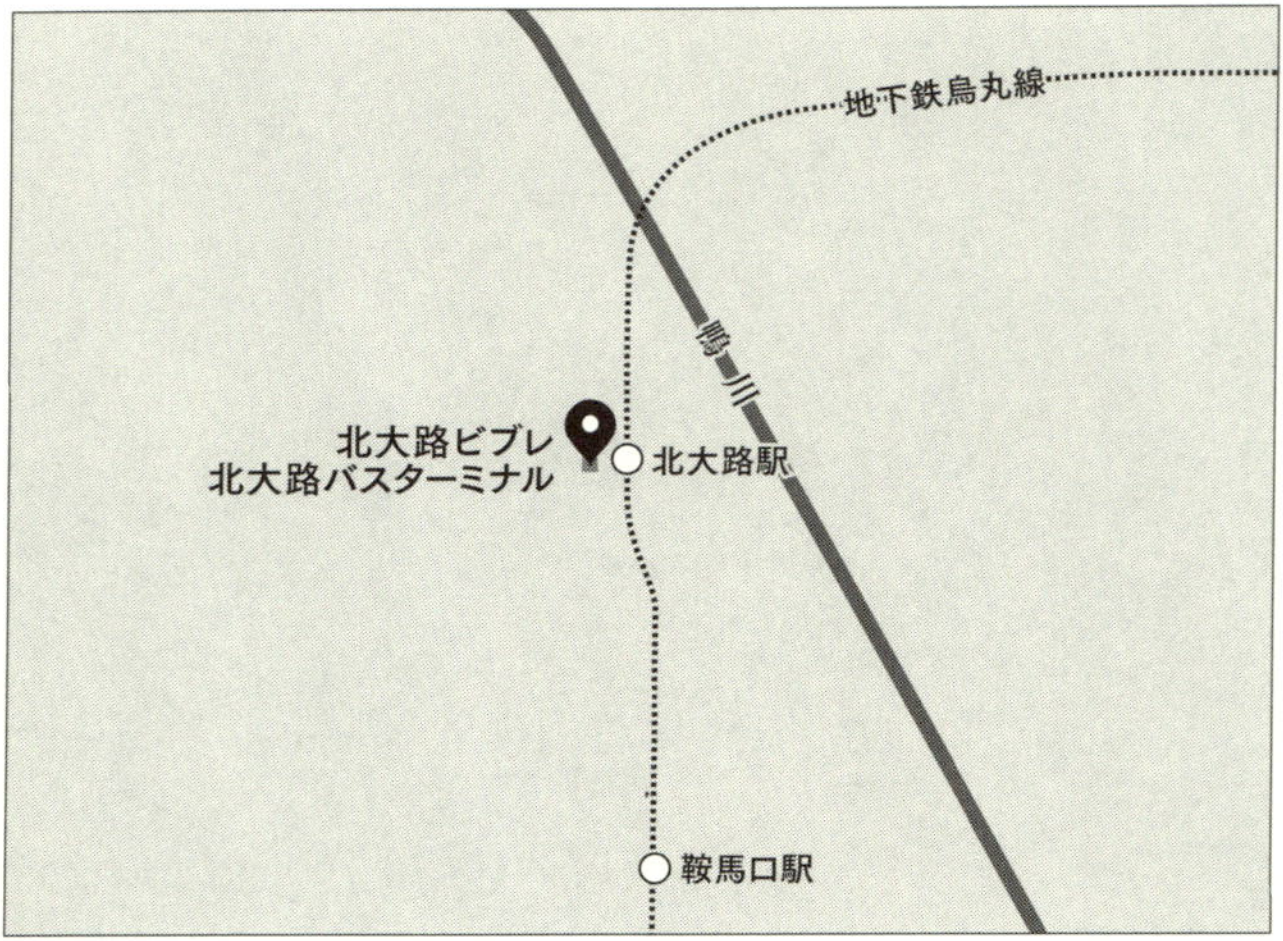

北区

北大路ビブレ

地下鉄北大路駅に直結する商業ビル。全国チェーンのアパレル店からスーパー、飲食店、進学塾など生活者の多様なニーズに応える。地元住民の憩いの場でもある。

北大路バスターミナル

地下鉄北大路駅に直結するバスターミナルで、南の京都駅のターミナルと並ぶバス網の中心となっている。赤のりば・青のりばに分かれ、多数のバス路線が乗り入れている。

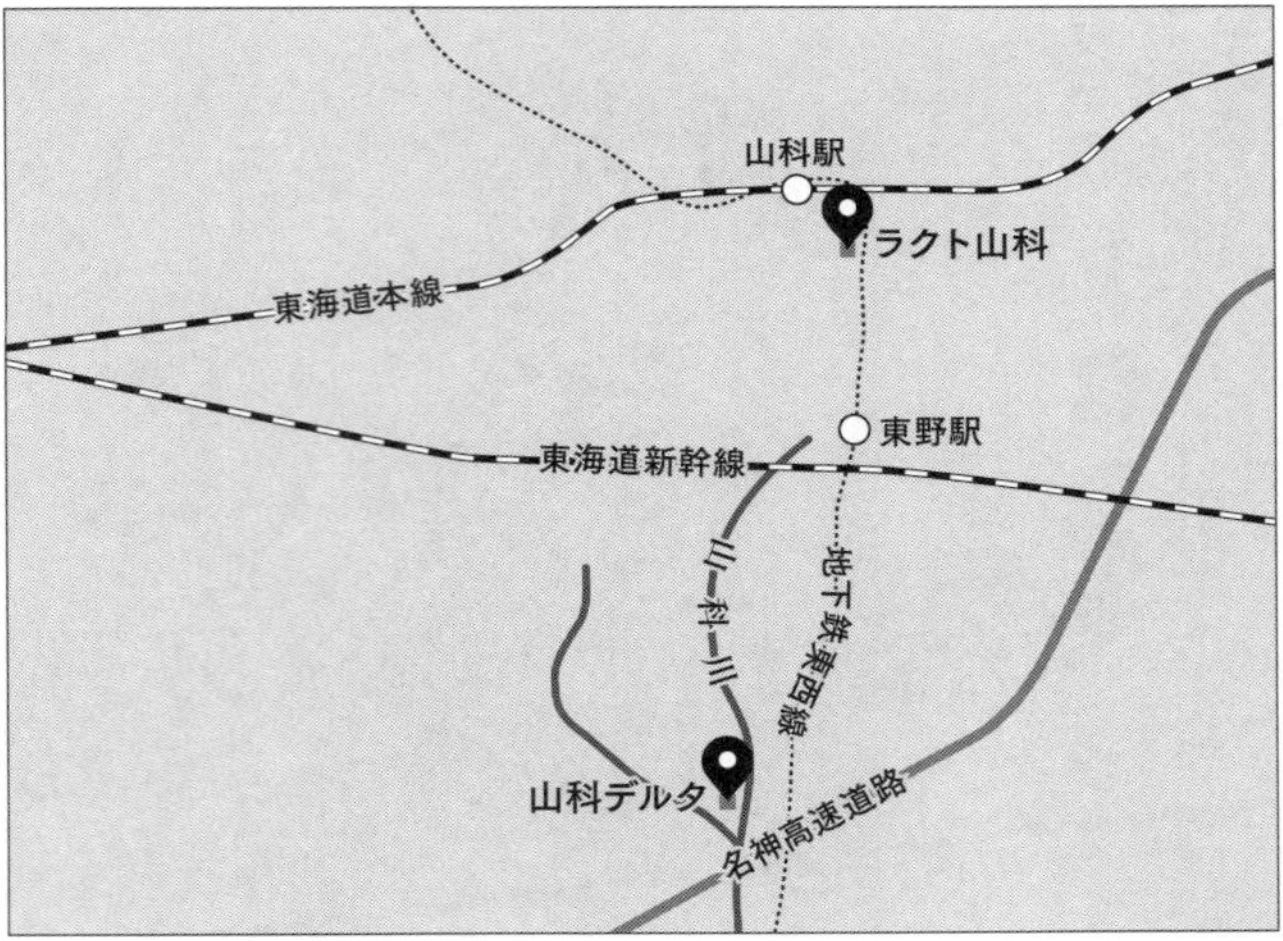

山科区

山科デルタ

地下鉄東西線小野駅からすぐ、勧修寺公園の南端、山科川と旧安祥寺川の合流点。公園の森と石段と川が交わる光景が、有名な鴨川デルタのようである。

ラクト山科

山科駅前に四棟が並ぶ、RACTO。ホテルやマンションなどで構成されているが、そのうちB棟はショッピングセンターとして、アパレルや家具メーカー、レストランやカフェが入る。

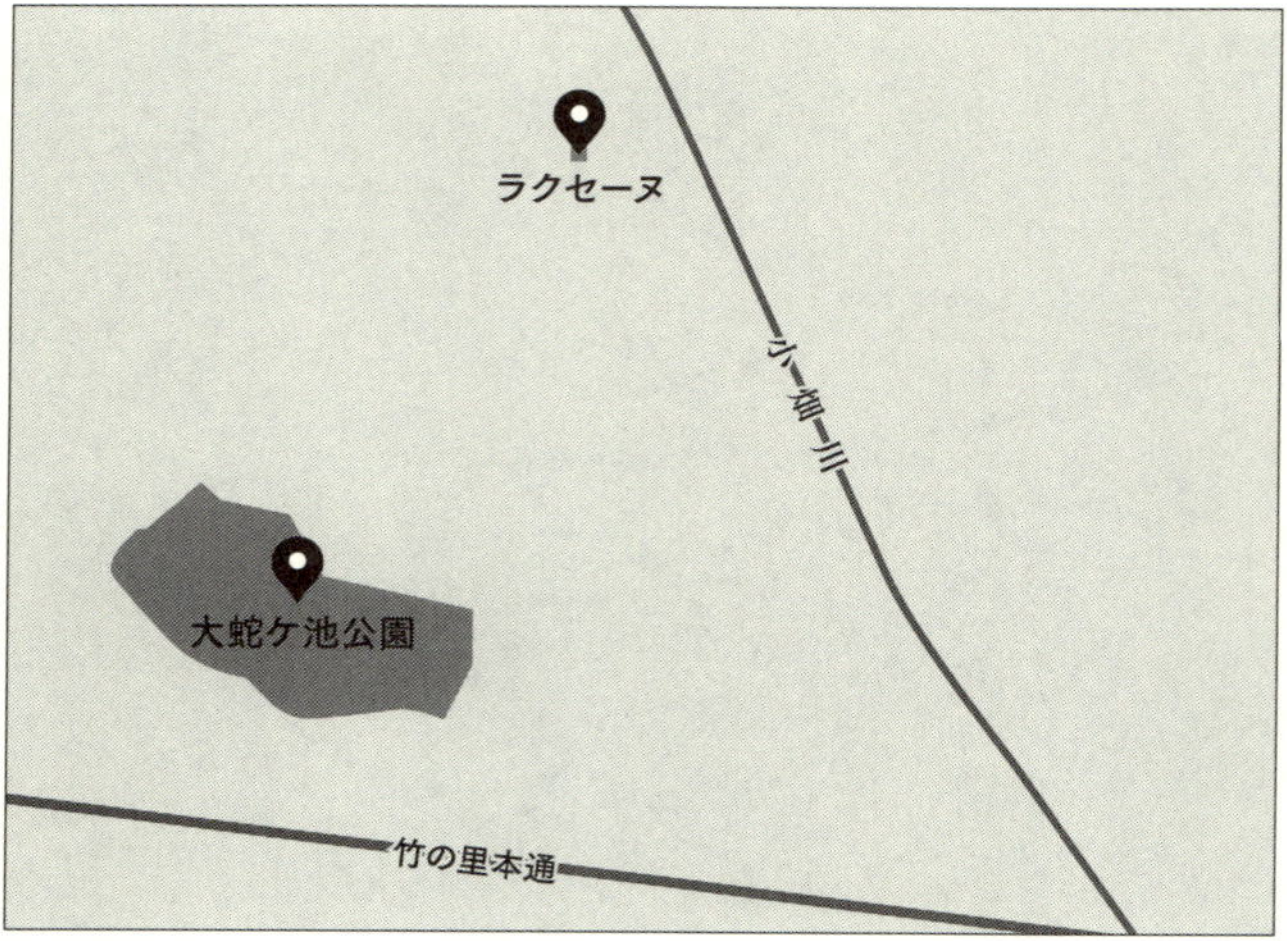

西京区

ラクセーヌ

生活に必要な各種専門店を揃え、役所や銀行、ホール、デパートとも隣接するラクセーヌは、洛西ニュータウンの住民にとって、なくてはならない中心施設である。

大蛇ケ池公園

大蛇ケ池は洛西地域を南北に貫流する小畑川へ流れ込む水量を調整するために作られた人工池。子供たちが遊ぶ冒険遊び場（プレーパーク）もある。

京都の洛外をめぐる

マジカル・ランドスケープ［北区・山科区・西京区］

北区

MKボウル

京都郊外のたまり場

★☆☆☆☆

京都で学生時代を過ごすと、必ず一度は遊びに行くのがMKボウルである。市内から賀茂川を自転車でさかのぼり、上賀茂神社の脇を通り過ぎていくとそれはある。1階はレストランとMKタクシーの基地、2階が50レーンほどあるボウリング場、その上がゲームセンターである。安くて長い時間潰せるので、日々、家族連れや中高大生であふれる。

かつては寺社の境内、その後は右京区嵯峨の嵐山公園や北区紫野の船岡山公園をはじめとする近代公園群に人々はたまり、余暇を過ごしていたが、今では郊外に大きな敷地を持ったアミューズメント施設や大型商業施設に集う。西京区のイオンモール京都桂川店やアル・プラザ醍醐など、京都の中心部とは違った、生活に密着した憩いの場が各地に点在する。

ACCESS
上賀茂西河原町
1-1

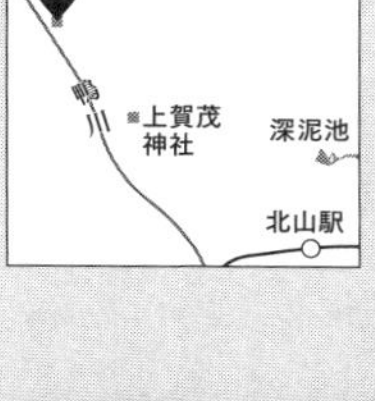

SPOT
・MKボウル
・嵐山公園
・船岡山公園
・イオンモール
京都桂川店 ほか

MKボウル
学割
200円
MKボウル
学割
Brunswick
Brunswick

山科区

山科デルタ

複数の川が交差する京都の街

★★★★☆

京都でデルタと言えば、下鴨神社近くの「鴨川デルタ」、京都ローカルな自動車教習所の「デルタ」、バイク教習所の「伏見デルタ」が思い浮かぶ。しかし、実は京都の人も知らないもうひとつのデルタがある。山科川と旧安祥寺川の合流点「山科デルタ」だ。背後に背負う木々、石段の先の石畳、飛び石の具合がまるで「鴨川デルタ」のミニチュアのようだ。

水の都市でもある京都の周辺には、こういった合流点、そしてデルタが数多く存在する。北区上賀茂では鞍馬川と賀茂川が、右京区太秦では御室川と天神川が、右京区嵯峨水尾では清滝川と桂川が、伏見区下鳥羽では鴨川と桂川が、伏見区横大路では新高瀬川と宇治川が、それぞれ合流しデルタとなっている。

ACCESS
勧修寺東金ケ崎町

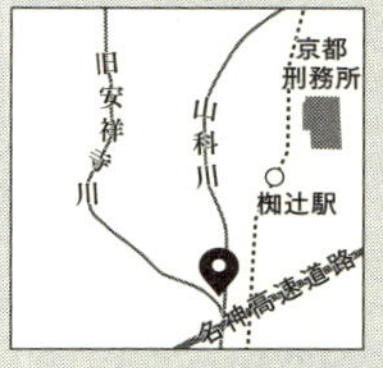

SPOT
・山科デルタ
・鞍馬川賀茂川合流点
・御室川天神川合流点 ほか

山科区

京都刑務所東壁

空を遮る巨大施設の壁

★★★☆☆

山科区東野のなんの変哲もない住宅街に京都刑務所がある。この地に建設された90年前は周りが田畑だったが、住宅が立ち並ぶようになり、その中に埋没した。そのため、職員住宅が塀の外側に沿うように建設されている西側や北側からはここに刑務所があることはわかりにくい。しかし、東側に出ると、高さ5メートルはあろうかという白い壁が続く。「カメラ監視中」の表示、塀の上から少し覗く建屋の屋根と、微かな号令や機械音だけが、なかの様子を伝える。

京都の周辺では放射線状に中心部に視線や導線が向くために世界が区切られる場所は少ないが、三菱自動車工業京都製作所や島津製作所三条工場など巨大施設が立ちならぶ場所では、所在をなくすほど空が遮られた景色にであうこともある。

ACCESS
東野井ノ上町20

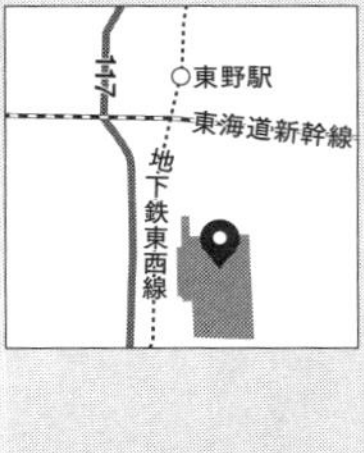

SPOT
・京都刑務所
・三菱自動車工業京都製作所
・島津製作所三条工場

山科区

戦国の英雄のきれはし

明智光秀胴塚

★★★★☆

府道沿いのぶどう直販所の敷地内、駐車スペースの奥に、1582（天正10）年の本能寺の変で織田信長・信忠を自害に追い込み、一時は京をおさえた明智光秀の胴が埋まると伝えられる塚がある。光秀が歴史上に登場してから、頂点を極めた直後に敗死するまで、わずか15年ほど。約50年前に地元の人によって建てられた石碑は繁みに隠れ、ひっそりと佇む。光秀は織田家の有力家臣として、大津や亀岡などを拠点としていた。そのため京都周辺に勢力を培っている。

向島には光秀の主人だった足利義昭が籠った城跡が、西京区川島には光秀と行動をともにした細川幽斎の家臣革嶋氏の拠点が、そして伏見区小栗栖の明智藪は光秀が敗走中に襲撃された場所である。

ACCESS
勧修寺御所内町36

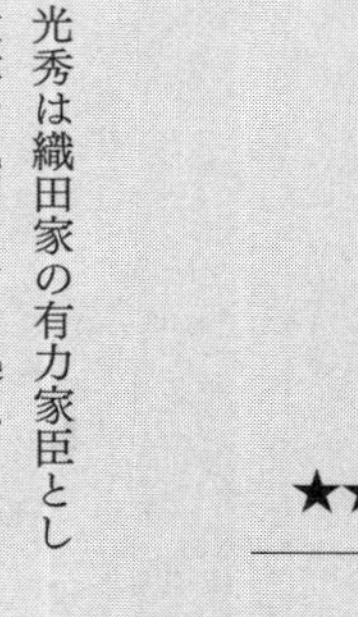

SPOT
・向島城跡
・革嶋
・愛宕神社
・明智藪 ほか

西京区

ラクセーヌ

郊外のショッピングモール、国見の場

★☆☆☆☆

ラクセーヌは、周辺の区役所支所・デパート・家具店・温泉施設などとともに、洛西ニュータウンの生活の中心だ。フードコートには絶え間なく様々な年代や属性の人々が集まってくる。洛西ニュータウンは京都盆地の西隅に位置するため、北と西には丹波山地が迫り、東と南には低いながらも西ノ岡丘陵が控え、小盆地を形成している。そのため、周囲を一望できるラクセーヌの駐車場屋上は、あたかも洛西王国の国見の場のようでもある。

ショッピングモールは京都の郊外の特徴的な施設だ。山科区と伏見区の境のイズミヤ六地蔵店、北大路バスターミナルと直結するビブレなどがその代表であろう。都市の端にあることで、上階から京都を一望できる。

ACCESS
大原野東境谷町2−5−8

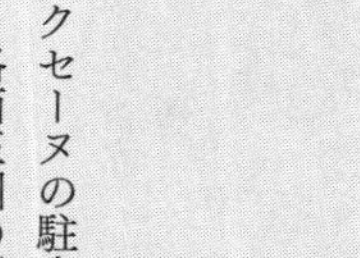

SPOT
・ラクセーヌ
・イズミヤ六地蔵店
・北大路ビブレ ほか

et Public
たのしいおしらせ

西京区

洛西竹林公園

京都を形作る木や竹材たち

★★★☆☆

1970年代、洛西ニュータウンの開発に伴い、予定地では多数の竹が伐採された。そこで、残る竹林を積極的に保存するべく、洛西竹林公園が1981年に開園。この地域一帯は古くから京たけのこの産地で、園内にある竹の資料館からは、洛西ニュータウンが一望できる。展示室ではエジソンが日本の竹を白熱電球に導入した逸話や都市・京都と竹の関わりを知ることができる。公園の一角には、旧二条城の石垣に使われたといわれる石仏もある。

京都は古くから、周辺の木材資源の一大消費地でもあった。木が都を循環する。例えば、右京区の梅津には京都北部からの木材の輸送に使った荷上場や水路が残る。北区には材木商が、伏見区や山科区には木炭商が多くいた。

ACCESS
大枝福西町2丁目300-3

SPOT
・洛西竹林公園
・北山杉の里
・梅津の浜
・車折神社

洛外を読み解くコラム③

『水の円環と京都』

福島幸宏（京都府立図書館）

京都の街中は水に浮いている。一説には琵琶湖に匹敵する水量が盆地の下に湛えられているといわれている。そして街の周囲にも水はあふれている。

ここでは、それら水にまつわる光景を点描していく。

山科盆地から伏見へ

山科盆地（山科区）ではT字に水が流れている。盆地の北側、山肌に張り付くように琵琶湖疏水が東から西に走っている。また、山科川が盆地を北から南に貫き、盆地の水を集めて、宇治川まで流れ落ちている。また、活きている井戸も何か所かあり、呑み水にこそ使わないが、生活を支えるために大いに利用されている。

その山科盆地の水が流れ落ちる先、伏見区南部には、鴨川・宇治川・桂川が貫流している。その上、70数年前までは巨椋池と

いう巨大な池が存在していた。巨椋池は琵琶湖や京都盆地から吐き出された水が、淀川となって大阪湾に流れ出すまでの遊水池として機能していたが、生産力向上のため戦時中に埋め立てられた。一方、伏見では生活のために開発計画を変更した歴史もある。1928年（昭和3）の奈良電鉄（現在の近鉄京都線）の伏見―京都間の延伸に際し、伏見の街中の部分では地下に敷設する案であった。しかし、水脈が絶たれ、酒造りを行えなくなることを恐れた蔵元たちの反対で、地上線に変更されたという。現在も、伏見で地下工事を行う際には、酒造組合に相談することになっている。

西京区の桂には、洛西用水と呼ばれる水路が南流している。渡月橋の所から流れ出しているこの水路は、平安京建設以前から利用されていたともいわれており、約500年前の室町中期の1496年（明応5）の絵図にもその様子が描かれている。これらは、都市近郊農村として機能した桂・西岡の地を潤していた。

桂川の材木問屋

また、桂川をはさんで東側に位置する右京区にも多くの池や水路が存在している。代表的には広沢池や大沢池など、嵯峨野の光景であろう。しかし、京都の北側の山林から切り出した材木や桂川上流域の物資を都市の中心部にダイレクトに運び込むため、天神川や西高瀬川も利用されていた。

深泥池　Photo: Naoko Tamura

そして、その流域には今も材木商や問屋が多く営まれている。

深泥池

京都盆地の北辺、狐坂のそばには深泥池が静まりかえって水を湛えている。ここは境界と認識されているので、古くから現在まで、多くの怪異話がある。曰く、貴船の鬼が都に出てくる穴があった、曰く大蛇が棲む、曰くタクシーに女性を乗せると……。また、北区の賀茂川右岸地域には多くの伏流する水路がある。発達しきった近郊農村が、急速に耕地整理されたために水路が地下に取り残される形となっている。整然とした街路が広がっている地域である

が、少しく歪んだ道がところどころにある。地下の水路が地上の道に影響を与えているのである。そしてわれわれは地下の様子を想像しながら、そのあとをたどることができる。

京都のエッジを、東から南へ回り込み、西へでて、北で閉じた。

1000年以上にわたって京都が都市であり続けている理由の一つに潤沢な水が挙げられる。そしてその豊富さは、エッジの部分で、より多様に、豊かに感じられる。京都は水に浮かぶ街であり、水にかこまれた街でもある。

ふくしま・ゆきひろ 1973年高知県生まれ。日本近現代史やアーカイブズに関心を持つ。現在、京都府立図書館。近代文書の修理、近代地図の活用、東寺百合文書の記憶遺産登録、サービス計画の策定などを担当。共編著に『古都・商都の軍隊』、『「陵墓」を考える』『デジタル文化資源の活用』など。

洛外を読み解くキーワード②

『ミニコミ誌から見える地域性』

福島幸宏（京都府立図書館）

1980年代から1990年代は、雑誌というメディアの最盛期であった。「少年ジャンプ」や「少年マガジン」などの数百万部を誇る週刊マンガ雑誌がその代表格であろう。そして、全国的なカルチャー雑誌が多数創刊されるなかで、「ぴあ」や「〇〇ウオーカー」という大手出版社が発行するタウン誌と呼ばれる雑誌も成立する。これらは市場として成立しそうな大都市圏に着目し、飲食店・雑貨店などのキャンペーンや、大型イベントの開催、コンサートや演劇・映画などの情報を掲載する。さらに著名人・文化人のインタビューやコラムを掲載するという構成をとって、この時期のサブカルチャーブームを牽引することになる。

地域に根ざしたカルチャー誌

そして、これらに先行して、あるいはこ

れらを追いかける形で、「京都」という空間に軸足を置き、街の小さな変化にも注目し、路上観察のような、あるいは街の有名人の記事を載せていくことで読者を獲得していったのが、「カイトランド」（1981年創刊）や「Club Fame」（前身誌が1984年創刊）であった。

ミュージシャン・DJの後藤晃宏が「この頃、京都で若者だった人はぼくも含めてほぼ全員がカイトランドから情報を得ていたと言っても過言ではありません」（註）と振り返っている。これらの雑誌の編集部のスタッフは、若手の未経験者が多かった。それが幸いしてか、ユニークな着眼点を武器に、既存の新聞や地域雑誌では注目されにくい、そのときそのときの街の表情を軽快にまた大胆に切り取った紙面を作っていく。例えば「Club Fame」の1992年12月号は「推薦（すいせん）トイレ」という特集で、飲食店などのトイレやトイレグッズを特集している。これらは記録に残らない街の表情である。そのため、今読み返しても、もしくは今だからこそ、興味深い内容になっている。

また、80年代後半から90年代前半にかけては、バブル景気を背景に広告費が大量に流れ込むなかで、多くがフリーペーパーとして発行された。豊富な資金を背景とした高度な内容と、喫茶店や美容院、飲食店や街角に「ころがっている」という手軽さが相まって、学生の街、京都を席巻する。

こうして一時代を築いたこれらの雑誌

「Club Fame」バックナンバー

だが、1990年代後半には勢いを失い、2000年代にかけて次々と終刊を迎える。大きな背景としては、雑誌の総発行部数自体が1997年をピークとして年々加速度的に減少し、20年間で市場規模が半分に縮小したことに象徴されるメディアの構造の大転換がある。特に、手軽に即時性を持った街の情報の発信という面では、インターネット上の情報発信サイトや個々人のSNSには大きく後れを取ることになった。

再び紙の地域メディアに脚光

しかし、この数年、新しい形態でふたたび地域雑誌が復興している。デジタル周り

の環境が日々進歩するなか、出版という行為がより手軽になり、流通に負担をかけない範囲の少部数ならば、かえって紙の雑誌の発行のハードルは下がってきていることが背景にあろう。各地でその動きはあるが、京都では〈京都じかんシリーズ〉が代表的である。〈京都じかんシリーズ〉が「右京じかん」「山科じかん」「南丹じかん」などとして刊行されているように、より小さな単位のローカルに着目し、さらに他の活動を主とするNPOが刊行主体となるなかで、ゆるゆると地域の情報を拾っていっていることが特徴であろう。

一方で、関西全体をその対象としていた「花形文化通信」（1989年創刊～1997年終刊）が、2018年10月にwebマガジンとして復刊し、80年代・90年代に地域誌に関わった人々が、その経験と情報網を活かし、地域のリノベーションや情報発信に携わっているように、その底流はずっとつながっている。関心を更新し、新しい形をとりながら。

註 ｜ https://www.sankei.com/west/news/140411/wst1404110005-n1.html

洛外を読み解くコラム④

『サーキュレーションキョウト』

影山裕樹（千十一編集室）

本書は、2017年度にロームシアター京都で開催された、一般の参加者とともに京都の洛外に位置する5区（北区、右京区、西京区、伏見区、山科区）にある文化会館を拠点に、5つの地域に根ざしたローカルメディアを作るワークショップに端を発し生まれました。翌年度の2018年度は、ロームシアター京都のプロデュースのもと、1年目で開拓した地域と劇場との関係性を元に、劇場の本懐である演劇作品を、5組のアーティストを招聘し制作・発表するプロジェクトへと発展しました。

CIRCULATION KYOTO―劇場編と名付けられた2018年度のプロジェクトのうち、北区を担当するチームとして、映画監督の遠山昇司さん、小説家の花房観音さん、円居挽さんという異なる才能を持つ作家を招聘し、生み出されたのが本書です。

僕は普段、東京で編集の仕事をしているのですが、毎年各誌がこぞって京都特集を

組む様子に違和感を感じていました。まるで重箱の隅をつつくように、洛中の商業施設やお店を競うように紹介しあうのですが、それがどこも歩いて10分くらいで回れる範囲なのです。メディアは、人の関心を集めたり、移動を促す装置です。メディアの端くれにいる僕自身、商業的要請から離れて、地域にとって価値のある情報発信のあり方を考えたいと思いました。

観光客にとって、そして地元の人にとってさえ馴染みのない京都、それは京都市内にありながら洛外に位置付けられる、北区、右京区、西京区、伏見区、山科区です。僕はCIRCULATION KYOTOのプロジェクトのために、中心部にはほとんど通わず、ずっとこれら周縁部に通い、地域の人と話したり、資料を漁ったりしながら活動を続けてきました。

そんな中きづいた京都の郊外の共通性は、「生活の場」であるということでした。洛中の晴れやかな日常とはかけ離れた、生活者にとってリアルな日常。洛外には洛中にはない魅力がある。メディアに携わる人間は、手垢のついた中心部の流行を追うのではなく、そのもっと外側、いまだ開拓されきってない新しい京都の魅力を掘り起こすべきだと考えたのです。

ローカルメディアとは、単に情報を一方的に読者に発信するマスメディアとはまったく異なる性質を持ちます。それはまさに、地域の人々が地域のローカルな情報を

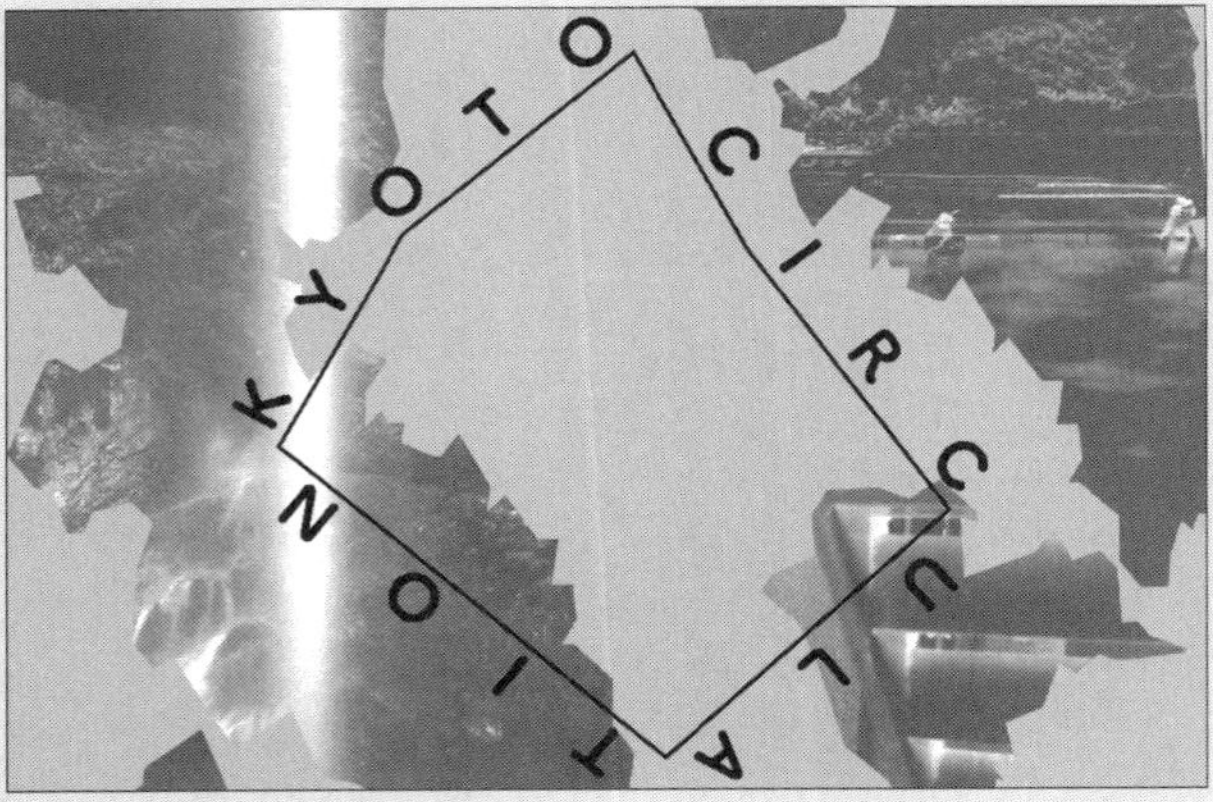

CIRCULATION KYOTO ロゴ

交換しあう乗り物＝媒体として機能するものです。このワークショップでは、雑誌やウェブマガジンといった固定観念にとらわれず、情報が相互に行き交う乗り物としてのメディアを構想・制作しました。ぜひ興味ある方はHPをご覧ください。

また、奇しくも参加者の多くは、普段、演劇やアートを鑑賞する習慣がない人たちでした。地域に根ざす文化施設として、かれらが劇場に関わる回路を作ることは大切です。そうして新たな劇場のファンを作った後、今度は劇場が地域に出て行く。それが2年目の劇場編のコンセプトになっています。

そのうちの1作品、北区のプロジェクト

に関わった僕は、右記のような京都の洛外に人を誘導するメディアを考えたいと思いました。カルチャー誌が軒並み中心部に目を向けている様子を尻目に、洛外の魅力を掘り起こす。そのために必要なのは、物語の力ではないか。そこで、今回は京都を舞台に作品を多数生み出してきた花房観音さん、円居挽さんの力をお借りしました。

さらに、読者のもう一歩を促すために、公衆電話から聞こえる物語を聴きながらまちを巡る「ポイントホープ」というアートプロジェクトを生み出した、映画監督の遠山昇司さんに声をかけました。「マジカル・ランドスケープ」と名付けられた、小説に登場する・あるいはしない京都の郊外の日常――観光地にもならないが、そこに暮らす人々にとって強烈な印象を持つモニュメントを巡るガイドを巻末に配しています。「歩きながら読む小説」と銘打った本書は、物語を二次元の平面から立体的なまちへとインストールします。ぜひとも、物語の登場人物に成り代わって、あるいは一人の旅人として、本書を片手に京都の郊外を巡っていただけたらと思います。

かげやま・ゆうき 合同会社千十一編集室 代表。編集者。著書に『ローカルメディアのつくりかた』(学芸出版社)、『大人が作る秘密基地』(DU BOOKS)などがある。CIRCULATION KYOTO(2017)プロジェクト・ディレクターを務めるなど、全国各地の地域プロジェクトに関わっている。

ロームシアター京都×京都市文化会館5館連携事業
「CIRCULATION KYOTO」開催概要

2017年度

タイトル｜「まちの見方を180度変えるローカルメディアづくり」
開催時期｜2017年4月〜2018年3月
企画協力｜千十一編集室
助成｜平成29年度　文化庁文化芸術創造活用プラットフォーム形成事業
プロジェクト・ディレクター｜影山裕樹（編集者／千十一編集室）
アートディレクター｜加藤賢策（アートディレクター／ラボラトリーズ）
エディター｜上條桂子（編集者）
リサーチディレクター｜榊原充大（都市建築等リサーチ／RAD）
制作｜武田知也（ロームシアター京都）
プロジェクトアシスタント｜野澤美希
グループサポーター｜伊藤真菜、梅垣心太郎、川上茉衣、下寺孝典、高橋藍、福谷咲奈、松原湧佑
コーディネーター｜
京都市東部文化会館　福川潤
京都市呉竹文化センター　堀江真佐美
京都市西文化会館ウエスティ　遠藤香織
京都市北文化会館　中村晃行
京都市右京ふれあい文化会館　國枝京一郎
ロームシアター京都 プログラム・ディレクター｜橋本裕介

2018年度

タイトル｜「CIRCULATION KYOTO ― 劇場編」
開催時期｜2018年12月1日〜2019年3月24日
助成｜一般財団法人地域創造、平成30年度文化庁文化芸術創造拠点形成事業

公演日程・参加アーティスト｜
2018年12月1日（土）、2日（日）中野成樹＋フランケンズ『マザー・マザー・マザー』
京都市呉竹文化センター　ホール
2018年12月15日（土）、16日（日）
村川拓也『ムーンライト』
京都市西文化会館ウエスティ　ホール

2019年1月12日（土）、13日（日）
相模友士郎『LOVE SONGS』
京都市東部文化会館　ホール

2019年2月2日（土）、3日（日）
遠山昇司　フェイクシンポジウム『マジカル・ランドスケープ』
京都市北文化会館　ホール

2019年3月23日（土）、24日（日）
きたまり『あたご』
京都市右京ふれあい文化会館　ホール

ロームシアター京都
プログラム・ディレクター｜橋本裕介
制作｜武田知也、国枝かつら
コーディネーター｜
京都市東部文化会館　福川潤
京都市呉竹文化センター　堀江真佐美
京都市西文化会館ウエスティ　花田悟男
京都市北文化会館　中村晃行
京都市右京ふれあい文化会館　木下瑞

アートディレクター｜加藤賢策（ラボラトリーズ）
デザイナー｜岸田紘之、伊藤博紀（ラボラトリーズ）

2017年度、2018年度共通
企画製作｜ロームシアター京都
主催｜公益財団法人京都市音楽芸術文化振興財団（ロームシアター京都、京都市東部文化会館、京都市呉竹文化センター、京都市西文化会館ウエスティ、京都市北文化会館、京都市右京ふれあい文化会館）、京都市

三、あすの世界を　築くため
集うなかまは　手をとって
強く正しく　たくましく
こころとからだ　きたえぬ
ああのびゆく　学び舎
松陽　松陽小学校

◆

こうしてみると、校歌は地域の記憶であるとともに、そこに通っていた子どもたちのプライベートな記憶をも呼び覚ます、「マジカル・ランドスケープ」の触媒であると言ってもいいかもしれない。

マジカル・ランドスケープ研究会

演出・ディレクター―遠山昇司
写真―田村尚子
編集―影山裕樹（千十一編集室）
ドラマトゥルク―福島幸宏（京都府立図書館）
地域ドラマトゥルク―神田真直、丸木伸洋、室谷智子